D0708824

Guy de Maupassant

Contes
de la Bécasse

Préface
d'Hubert Juin

Édition
d'André Fermigier

Gallimard

PRÉFACE

C'est en 1883 que Guy de Maupassant signe avec Édouard Rouveyre et G. Blond un contrat d'édition pour un recueil de contes intitulé les Contes de la Bécasse, et ce contrat précise qu'il doit s'agir là d'un volume de même dimension que Mademoiselle Fifi, paru chez Victor Havard, soit d'une œuvre de trois cents pages environ. Initialement les Contes de la Bécasse représentent un manuscrit trop mince, ce qui conduira l'auteur à joindre aux récits d'abord prévus deux autres nouvelles : Saint-Antoine et L'Aventure de Walter Schnaffs. Cette contrainte est bénéfique : c'est grâce à elle que la guerre de 1870, dont Maupassant est décidément inguérissable, trouvera sa place dans le présent ouvrage, complétant ainsi l'arsenal des hantises propres au « mauvais passant ». Le sexe, la mort, la guerre, la veulerie humaine, et d'inquiétantes images venues du profond, commençant, aux yeux de *qui sait lire, à avouer l'inavouable, voilà le matériau dressé sur fond de pessimisme. Malheureusement, les* Contes de la Bécasse *ne convainquent pas les critiques, et le recueil mettra longtemps à occuper, dans les* Œuvres complètes *de l'auteur de* Bel-Ami, *la place qui lui revient. On trouve ici, semble-t-il, trop de grivois et pas assez de pathétique : ce qui est un jugement sinon faux, du moins trop court.*

1883. Si les Contes de la Bécasse *paraissent chez Rouveyre,* Une vie *est éditée par Havard. Année fertile, d'apparence. Mais année inquiète. Maupassant est en pleine gloire. Il est adoré par la société parisienne qui déjà frappe les trois coups de l'entrée en scène de la Belle Époque. Cela, c'est pour l'extérieur. Dans son intime, l'écrivain est rongé par la maladie qui l'emportera. Il souffre. Ses yeux le dévorent. La déesse noire de la drogue ne le calme qu'au prix des premières hallucinations. En 1877, il a pris les eaux à Loèche. Coup de semonce. En cette année 1883, alors qu'il n'a pas encore trente-trois ans, Maupassant fuit Paris autant qu'il lui est possible. L'hiver, il est à Nice, auprès de sa mère. Il passe l'été à La Guillette, une villa qu'il s'est fait bâtir près d'Étretat, sur un terrain que sa mère lui a cédé. Il est là, dans la compagnie de son fidèle valet de chambre, François Tassart. Il écrit. Il ne se sait pas, il ne se croit pas aussi gravement atteint qu'il l'est en réalité. C'est en 1889 que son frère Hervé mourra à l'asile de Bron. C'est le 1ᵉʳ janvier 1892 qu'il tentera, lui, Guy de Maupassant, de se suicider. Il meurt dans la clinique du docteur Blanche le 6 juillet 1893.*

À l'heure des Contes de la Bécasse, *quelque chose comme le bonheur paraît encore possible. À Étretat, Maupassant renoue avec la Normandie. Il s'enivre de grand air. Il s'enchante des facilités d'une vie simple et joyeuse, où ne manquent pas les plaisanteries un peu grasses, les aventures un peu lestes, une gauloiserie de bon aloi. Maupassant n'est pas un intellectuel, ce qui se perçoit jusque dans son style même : charnu, direct, précis sans dureté, fruité dirait-on. La saveur des choses lui importe plus que la querelle des idées. Rien ne dit mieux cela que le prière d'insérer écrit par Maupassant lui-même pour le lancement des* Contes de la Bécasse. *On y lit ceci :* « Ce qui distingue particulièrement ce dernier ouvrage de l'auteur de *La Maison Tellier* et d'*Une vie*, c'est la gaieté, l'ironie amusante. Le premier récit du livre, *Ce cochon de Morin*, ne peut manquer de prendre place à côté de *Boule de suif*. Et les nouvelles qui suivent donnent toutes des échantillons très divers de la bonne humeur railleuse de l'écrivain. Deux ou trois seulement apportent une note dramatique dans l'ensemble. » *Maupassant se trompe — et, ce qu'il y a de plus grave,*

*incite la presse du temps à se tromper à sa
suite :* les Contes de la Bécasse *seront durable-
ment tenus pour un ensemble leste, capable, au
mieux, d'illustrer la veine rabelaisienne et gri-
voise de l'auteur. Que cette veine existe, qui
peut en douter ? On a dit : « vulgarité », ce qui
est un mot dont le sens, hélas ! s'est perdu. Ce
qui est vrai, pour en revenir à l'étymologie,
c'est que les* Contes de la Bécasse *appartien-
nent au côté « peuple » qui est sans cesse au
travail dans l'œuvre de Maupassant : les mots,
ici, jouent à la main chaude ! Oui ! mais ce
qu'il y a* dedans ? Comme une béance où sont
les ombres mauvaises, les fantômes à venir, et
déjà, dans le bouillonnement nerveux de l'écriture, la venue du Double redoutable qu'en
1887* Le Horla *démasquera. Le fantastique de
Guy de Maupassant n'est pas un fantastique
tranché, mais un fantastique tremblé. Il a des
accointances avec les brumes qui, au petit
matin, embarrassent la Normandie et ses paysages. Il est insidieux, retenu. Il est d'autant
plus retenu qu'il est vivement éprouvé. Chacun, lisant les* Contes de la Bécasse, *le verra à
l'œuvre, rongeant les marges, envahissant
l'arrière-texte, faisant paraître dans ce qui est
dit ce qui relève du non-dit, de la hantise, du
malaise. On n'a pas assez vu, chez Maupassant, la place majeure qu'occupent les margi-
naux, ces passants incertains qui naviguent*

entre les classes dangereuses et les classes laborieuses. Voir dans Maupassant le notaire exact d'une société, le scribe attentif aux données sociales, est juste. Mais il ne faudrait pas pour autant méconnaître, en Maupassant, le créateur d'une « société » imaginaire, labourée de fantasmes, éclatée. Dès lors, le rire de Maupassant contient, de biais, et à voix basse, un ricanement — qui contamine tout. Voilà la saison d'Étretat !

Dans les Contes de la Bécasse s'affirme le divorce de Guy de Maupassant d'avec lui-même. Manifestement, à La Guillette, il trouve un havre. Ce qui le talonne, la drogue, la syphilis, l'hérédité... tout cela feint de disparaître dans les beaux jours des auberges de villages. Mais ce n'est qu'une feinte : la maladie ronge et déchire. Les fantasmes deviennent des fantômes, prêts à prendre chair. Face à ce Maupassant de la bonne santé se dresse le spectre de l'autre Maupassant, l'exclu et le déchu. Il rit de ces plaisanteries paysannes, mais ces plaisanteries elles-mêmes se tournent contre lui : alors, il souffre. Il s'acharne vers ce quelque chose qui lui échappe et que lui disent les miroirs : l'autre Maupassant, le fou. Fou ? Il a été fou du monde, de la beauté des femmes, de la divinité de la mer et des fleuves. Il a été fou des odeurs terrestres et de la savoureuse épaisseur du quotidien. Mais autre chose

*surgit, brandissant une faux, et c'est la mort.
Les nuits sont traversées de cauchemars. Les
loups hurlent, mais ce sont les loups de l'inté-
rieur de soi. Voilà pourquoi les* Contes de
la Bécasse *sont d'une telle importance : ils
marquent le divorce entre l'imaginaire et
l'éprouvé, entre la vie et la vraie vie, entre le
mal (être) et le bien (être). Maupassant, ici,
s'éprouve. Et il s'éprouve double. C'est ce que
dit — « littéralement et dans tous les sens » —
son texte. La paternité, par exemple, et pour ne
prendre qu'un exemple, voilà qu'elle traverse,
avec son inquiétude et son angoisse, le feuillet
de l'*écrivain *Maupassant : il faut y prêter
attention. Et la mort des chiens ? Qui peut en
rire ? En fait, chacun des contes de ce recueil
dit deux choses : une anecdote, et une
angoisse. Cet écrivain adulé par le Tout-Paris
a sa place parmi les « poètes maudits »...*

*

*La totalité des contes qui sont repris dans
les* Contes de la Bécasse *parut préalablement
dans deux journaux : le* Gil Blas *et* Le Gaulois,
*du 19 avril 1882 au 11 avril 1883. On ne
mesure plus aujourd'hui, où la presse a tellement changé de visage, ce qu'était la presse au
XIXᵉ siècle et dans l'avant-siècle. Mais les
romans d'Anatole France, ceux d'Émile Zola,*

ceux de Jules Vallès ont paru initialement en feuilleton. Il se faisait ainsi une mode d'écriture dont nous n'avons plus idée. Un journal publiait un roman découpé en tranches régulières, certes ! mais il offrait à ses lecteurs un ou deux contes signés par des personnalités en vue : cela faisait de cinq à dix feuillets, parfois plus, emplissant de une à trois colonnes de la publication. Il fallait se courber à cette loi, obéir à cette brièveté, admettre cet espace dicté. Maupassant, qui avait fait ses classes sous Gustave Flaubert, maître exigeant, découvrit dans le journal une formule idéale. Il découvrit ici, et comme cela, un ton *à sa mesure. D'autres succombèrent, et ne parvinrent pas à maintenir le rythme de ces cinq à quinze feuillets hebdomadaires. Maupassant, oui. C'était la course qui lui convenait le mieux. L'obligation à laquelle il devait obéir lui donna cette aisance et cette liberté qui font de lui l'un des plus grands « nouvellistes » du monde. Le parcours d'un roman, on le voit, est trop vaste pour lui. Il n'aime pas le dialogue, ni la description. Il écrit incisif, avec des griffures. Deux mots conviennent à silhouetter un personnage ; trois mots, à planter un décor. C'est pourquoi Maupassant fait « ré-apparaître » des récits : s'il publie en 1875 cette* Main d'écorché *qui est une imitation d'Hoffmann, il revient sur son propos, et livre, en 1883 (l'an-*

née des Contes de la Bécasse*)*, La Main, *qui
est d'une bien autre sonorité. Il y a, de ceci,
vingt ou trente exemples. À quoi il faut ajouter
les thèmes reparaissant : le chien, par exemple. En 1881,* Histoire d'un chien. *En 1883,*
Mademoiselle Cocotte, *ou la chienne-vampire.
La même année, dans les* Contes de la Bécasse,
la mort d'un chien dans une marnière : Pierrot.
*Et, partout alentour, une meute, des abois
désespérés, comme s'il s'agissait des chiens de
la folie !*

*La collaboration aux journaux du temps
implique le respect de certaines conventions.
Autrement dit : on ne peut du tout donner au*
Figaro *un conte que pourrait publier le* Gil
Blas, *ni à ces deux-là un récit qu'accepterait*
Le Gaulois. *Les publics sont différents — mais
surtout la couleur politique de ces feuilles
diverge : elles dictent, les unes et les autres,
un* style. *Maupassant, en l'occurrence, sera un
maître du genre : personne plus que lui n'est
apte à varier les couleurs de son écritoire au
gré du* Figaro *ou du* Gil Blas, *du* Gaulois *ou du*
Journal. *Il faudra quelque jour étudier de près
les rapports qui se sont, alors, tissés entre la
presse et l'art d'écrire : on aurait, là, quelques
surprises !*

Bref ! et pour nous en tenir aux seuls Contes
de la Bécasse, *il faut noter que* Le Gaulois *est
un journal mondain de tendance monarchiste,*

*assez large d'idées cependant pour accueillir
Séverine, mais ferme sur les principes de l'Ordre moral. À l'inverse, le* Gil Blas *s'ouvre aux
audaces : on parlerait, aujourd'hui, à son propos, de pornographie. Il est vrai que c'est dans
les pages du* Gil Blas *que Guy de Maupassant,
par affinité naturelle, se sent le plus à l'aise.
Mais il n'importe : il donne des textes aux
deux, puis les rameute, les rassemble, en fait
un livre. Encore faudrait-il bien voir que Maupassant, journaliste, prête une attention assez
dédaigneuse au « livre-objet ». C'est le premier jet qui est le bon : il s'abandonne — et
se retient. Lorsque la main de papier est assez
remplie d'encre, il publie un recueil, lui donnant une unité fallacieuse, qui est une
pirouette. Comme ici, dans les* Contes de la
Bécasse, *où la réunion des divers récits n'est
justifiée que par un préambule sans conviction !*

*Il est manifeste que la collaboration aux
journaux, par le biais des feuilletons, des contes, des chroniques, rapproche l'écrivain du
peuple des lecteurs, l'isole moins que ne l'isole
le commerce de la librairie. Voilà l'élément
privilégié de Guy de Maupassant. Sans doute
faut-il voir, ici, une retombée indirecte des
enseignements de Gustave Flaubert, le père
idéal, qui fut un censeur terrible. Maupassant
est entré en littérature par les refus de Flau-*

bert. *C'est peut-être pourquoi il lui fut donné de réussir là où d'autres échouèrent, et, littéralement, se diluèrent : dans les exigences de la presse ! Maupassant est l'homme d'une écriture immédiate : la durée ne lui convient pas. C'est l'homme du saut, du bond, du surgissement. Cette hâte est suspecte : elle sent la mort. On se souvient d'un film de Buñuel,* Los Olvidados, *où la mort avait l'apparence d'un chien galeux ! Comment ne pas y songer, ici ? La campagne de la Normandie est faite d'un bonheur dévoré jusqu'à l'os...*

Pour Maupassant, l'heure de l'écritoire est aussi l'heure des fantômes. Ses yeux, déjà, dans son refuge de La Guillette, *s'emplissent tantôt de sable et tantôt de sel. Déjà, il voile les miroirs. Déjà il se devine. Ce qui requiert, à mon sens, dans les* Contes de la Bécasse, *c'est ce subtil adieu qu'on y devine : un adieu à la santé, un adieu à la vie qui est grasse et épaisse. Maupassant tremble déjà, et ce tremblement est partout, épars, dans* Pierrot *par exemple, mais aussi dans* La Peur, *et dans ces pages étranges qui sont titrées :* La Folle. *L'univers se lézarde : le dedans paraît au-dehors, hâve et morbide. L'apparence joyeuse se fissure, l'édifice se rompt. C'est ici, dans ces contes de 1883, que l'on voit en clair la fêlure de Maupassant. Ici, que l'on perçoit d'une façon exemplaire ce qu'il y a de tragique, et de*

quasi insoutenable, dans l'écriture de cet écri-
vain-là...

*

Mais, à lire les Contes de la Bécasse, *on est*
frappé et requis par autre chose, qui est alar-
mant : c'est l'inscription, dans le récit, d'une
cruauté confinant à l'insoutenable. Ce n'est
pas là, dans l'œuvre de Guy de Maupassant,
une veine constante. Tout se passe comme si,
dans cette saison où l'écrivain bascule dans la
maladie, les digues cédaient. La cruauté,
jusqu'alors soigneusement dissimulée,
s'avoue, tantôt de biais il est vrai, mais parfois
avec une vigueur étrange. L'exemple de ce sur-
gissement se trouve dans la nouvelle titrée
Saint-Antoine. *Le texte s'enracine d'abord*
dans une verve populaire directement héritée
du terroir normand, mais le fil de la lecture
dévoile soudainement autre chose : la double
mort, hallucinante, du soldat allemand, et le
double meurtre d'Antoine. Lorsque le « co-
chon », qu'Antoine pense avoir tué et enseveli
sous son fumier, revient à lui et émerge du tas
d'ordure, il a perdu tout caractère humain :
c'est « une forme d'homme », quelque chose
d'horrible qui est revenu de par-delà la mort,
un fantôme terrifiant qu'il va falloir retuer.
Antoine se précipite sur l'Allemand, lui-même

déshumanisé : « il jeta en avant de toute la vigueur de ses deux bras sa fourche levée comme une lance, et il lui enfonça jusqu'au manche les quatre pointes de fer dans la poitrine »...

Le laconisme narratif renforce l'aspect sauvage de la scène. Aucun « effet », mais la rigueur glacée et glaciale du meurtre. Il est intéressant de voir que la fulgurance de la cruauté dans Saint-Antoine *illustre également — et d'une façon exemplaire — les horreurs de la guerre, ce qui est un thème majeur chez Maupassant, mais nulle part mieux et plus crûment avoué qu'ici, en quelques paragraphes.*

*

Il faut ajouter que les récits qui composent les Contes de la Bécasse *sont démonstratifs de la façon Maupassant. La linéarité du texte est constante : jamais de retours en arrière : tout va droit, suivant un chemin narratif d'une constance parfaite. Le narrateur, ici, est — on le remarquera — souverain. Le discours dédaigne les détours. Ce dur travail d'écrivain aboutit à la perfection : le lecteur ne s'aperçoit jamais que ce qu'il lit est écrit. Les leçons de Flaubert ont porté leurs fruits.*

Il n'en reste pas moins que Maupassant n'est pas Flaubert, et qu'un tremblement (j'y

*reviens) à peine perceptible nous alerte. Ce jeu
aux couleurs irisées laisse transparaître le tragique — involontairement. Tel texte* — Un
fils — *prend naissance dans un fait divers de
reconnaissance en paternité dont l'opinion
publique s'émut beaucoup vers ces années-là
— mais comment ne pas évoquer, de biais, le
problème qui hantait Maupassant, sorte d'or-
phelin à l'envers, qui avait tant de pères
idéaux qu'il renia le sien propre ? Et ainsi du
reste...*

*

*Ce livre-ci est un carrefour. Après la paru-
tion des* Contes de la Bécasse, *Guy de Maupassant ne sera plus jamais le même. Ceci est un
seuil : dès qu'il l'aura passé, les fantômes
viendront à sa rencontre. L'homme à la forte
carrure entrera dans les songeries traversières
où règnent en maîtres les fantasmes. La mort
sera au terme, dans ses habits de jeune fille.
Le rire des* Contes de la Bécasse *grimace par
avance.*

*Mais nous savons aujourd'hui que leur
auteur était démesurément blessé. Et dès ce
temps de 1883, alors que la campagne normande souriait au soleil de sa gouaille, de sa
verdure, et de ses femmes.*

HUBERT JUIN.

Contes de la Bécasse

LA BÉCASSE [1]

Le vieux baron des Ravots avait été pendant quarante ans le roi des chasseurs de sa province. Mais, depuis cinq à six années, une paralysie des jambes le clouait à son fauteuil et il ne pouvait plus que tirer des pigeons de la fenêtre de son salon ou du haut de son grand perron.

Le reste du temps il lisait.

C'était un homme de commerce aimable chez qui était resté beaucoup de l'esprit lettré du dernier siècle. Il adorait les contes, les petits contes polissons, et aussi les histoires vraies arrivées dans son entourage. Dès qu'un ami entrait chez lui, il demandait :

— Eh bien, quoi de nouveau ?

---

1. Conte paru dans *Le Gaulois* du 5 décembre 1882, suivi de *La Folle*, avec : « Et voici ce que raconta M. Mathieu d'Endolin : » comme phrase charnière, au lieu de : « Voici quelques-uns de ces récits : ».

Et il savait interroger à la façon du juge d'instruction.

Par les jours de soleil il faisait rouler devant la porte son large fauteuil pareil à un lit. Un domestique, derrière son dos, tenait les fusils, les chargeait et les passait à son maître ; un autre valet, caché dans un massif, lâchait un pigeon de temps en temps, à des intervalles irréguliers, pour que le baron ne fût pas prévenu et demeurât en éveil.

Et, du matin au soir, il tirait les oiseaux rapides, se désolant quand il s'était laissé surprendre, et riant aux larmes quand la bête tombait d'aplomb ou faisait quelque culbute inattendue et drôle. Il se tournait alors vers le garçon qui chargeait les armes, et il demandait, en suffoquant de gaieté :

— Y est-il, celui-là, Joseph ! As-tu vu comme il est descendu ?

Et Joseph répondait invariablement :

— Oh ! Monsieur le baron ne les manque pas.

À l'automne, au moment des chasses, il invitait, comme à l'ancien temps, ses amis, et il aimait entendre au loin les détonations. Il les comptait, heureux quand elles se précipitaient. Et, le soir, il exigeait de chacun le récit fidèle de sa journée.

Et on restait trois heures à table en racontant des coups de fusil.

C'étaient d'étranges et invraisemblables aventures, où se complaisait l'humeur hâbleuse des chasseurs. Quelques-unes avaient fait date et revenaient régulièrement. L'histoire d'un lapin que le petit vicomte de Bourril avait manqué dans son vestibule les faisait se tordre chaque année de la même façon. Toutes les cinq minutes un nouvel orateur prononçait :

— J'entends : « Birr ! Birr ! » et une compagnie magnifique me part à dix pas. J'ajuste : pif ! paf ! j'en vois tomber une pluie, une vraie pluie. Il y en avait sept !

Et tous, étonnés, mais réciproquement crédules, s'extasiaient.

Mais il existait dans la maison une vieille coutume, appelée le « conte de la Bécasse ».

Au moment du passage de cette reine des gibiers, la même cérémonie recommençait à chaque dîner.

Comme il adorait l'incomparable oiseau, on en mangeait tous les soirs un par convive ; mais on avait soin de laisser dans un plat toutes les têtes.

Alors le baron, officiant comme un évêque, se faisait apporter sur une assiette un peu de graisse, oignait avec soin les têtes précieuses en les tenant par le bout de la mince aiguille qui leur sert de bec. Une chandelle allumée était posée près de lui, et tout le monde se taisait, dans l'anxiété de l'attente.

Puis il saisissait un des crânes ainsi préparés, le fixait sur une épingle, piquait l'épingle sur un bouchon, maintenait le tout en équilibre au moyen de petits bâtons croisés comme des balanciers, et plantait délicatement cet appareil sur un goulot de bouteille en manière de tourniquet.

Tous les convives comptaient ensemble, d'une voix forte :

— Une, — deux, — trois.

Et le baron, d'un coup de doigt, faisait vivement pivoter ce joujou.

Celui des invités que désignait, en s'arrêtant, le long bec pointu devenait maître de toutes les têtes, régal exquis qui faisait loucher ses voisins.

Il les prenait une à une et les faisait griller sur la chandelle. La graisse crépitait, la peau rissolée fumait, et l'élu du hasard croquait le crâne suiffé en le tenant par le nez et en poussant des exclamations de plaisir.

Et chaque fois les dîneurs, levant leurs verres, buvaient à sa santé.

Puis, quand il avait achevé le dernier, il devait, sur l'ordre du baron, conter une histoire pour indemniser les déshérités.

Voici quelques-uns de ces récits :

CE COCHON DE MORIN [1]

À M. Oudinot [2].

I

— Ça, mon ami, dis-je à Labarbe, tu viens encore de prononcer ces quatre mots, « ce cochon de Morin ». Pourquoi, diable, n'ai-je jamais entendu parler de Morin sans qu'on le traitât de « cochon » ?

Labarbe, aujourd'hui député, me regarda avec

1. Conte paru dans *Gil Blas* du 21 novembre 1882 sous le pseudonyme de Maufrigneuse.
2. Qui est M. Oudinot ? Louis Forestier remarque que, puisque Maupassant lui donne du monsieur, il ne peut s'agir de Camille Oudinot, auteur de romans et de pièces de théâtre, avec lequel il était très lié et qui est le dédicataire du *Parapluie*. On peut penser au père de Camille (et de sa sœur, Hermine Lecomte du Noüy), Eugène-Stanislas Oudinot (1827-1889), maître verrier de son état et qui fonda à Paris une manufacture de vitraux, d'où sortirent, en particulier, les vitraux de Sainte-Clotilde, de Saint-Augustin, de l'église de la Trinité. Il est évidemment un peu curieux que Maupassant ait songé à dédier un conte de tour assez leste à un aussi vénérable spécialiste d'art sacré.

des yeux de chat-huant. — Comment, tu ne sais pas l'histoire de Morin, et tu es de La Rochelle ?

J'avouai que je ne savais pas l'histoire de Morin. Alors Labarbe se frotta les mains et commença son récit.

— Tu as connu Morin, n'est-ce pas, et tu te rappelles son grand magasin de mercerie sur le quai de La Rochelle ?

— Oui, parfaitement.

— Eh bien, sache qu'en 1862 ou 63 Morin alla passer quinze jours à Paris, pour son plaisir, ou ses plaisirs, mais sous prétexte de renouveler ses approvisionnements. Tu sais ce que sont, pour un commerçant de province, quinze jours de Paris. Cela vous met le feu dans le sang. Tous les soirs des spectacles, des frôlements de femmes, une continuelle excitation d'esprit. On devient fou. On ne voit plus que danseuses en maillot, actrices décolletées, jambes rondes, épaules grasses, tout cela presque à portée de la main, sans qu'on ose ou qu'on puisse y toucher. C'est à peine si on goûte, une fois ou deux, à quelques mets inférieurs. Et l'on s'en va le cœur encore tout secoué, l'âme émoustillée, avec une espèce de démangeaison de baisers qui vous chatouillent les lèvres.

Morin se trouvait dans cet état, quand il prit son billet pour La Rochelle par l'express de 8 h 40 du soir. Et il se promenait plein de

regrets et de trouble dans la grande salle commune du chemin de fer d'Orléans, quand il
s'arrêta net devant une jeune femme qui
embrassait une vieille dame. Elle avait relevé
sa voilette, et Morin, ravi, murmura : « Bigre,
la belle personne ! »

Quand elle eut fait ses adieux à la vieille,
elle entra dans la salle d'attente, et Morin la
suivit ; puis elle passa sur le quai, et Morin la
suivit encore ; puis elle monta dans un wagon
vide, et Morin la suivit toujours.

Il y avait peu de voyageurs pour l'express.
La locomotive siffla ; le train partit. Ils étaient
seuls.

Morin la dévorait des yeux. Elle semblait
avoir dix-neuf à vingt ans ; elle était blonde,
grande, d'allure hardie. Elle roula autour de ses
jambes une couverture de voyage, et s'étendit
sur les banquettes pour dormir.

Morin se demandait : « Qui est-ce ? » Et
mille suppositions, mille projets lui traver-
saient l'esprit. Il se disait : « On raconte tant
d'aventures de chemin de fer. C'en est une
peut-être qui se présente pour moi. Qui sait ?
une bonne fortune est si vite arrivée. Il me suffirait peut-être d'être audacieux. N'est-ce pas
Danton qui disait : "De l'audace, de l'audace,
et toujours de l'audace" ? Si ce n'est pas Danton, c'est Mirabeau[1]. Enfin, qu'importe. Oui,

1. Le mot est bien de Danton.

mais je manque d'audace, voilà le hic. Oh ! Si on savait, si on pouvait lire dans les âmes ! Je parie qu'on passe tous les jours, sans s'en douter, à côté d'occasions magnifiques. Il lui suffirait d'un geste pourtant pour m'indiquer qu'elle ne demande pas mieux... »

Alors, il supposa des combinaisons qui le conduisaient au triomphe. Il imaginait une entrée en rapport chevaleresque, des petits services qu'il lui rendait, une conversation vive, galante, finissant par une déclaration qui finissait par... par ce que tu penses.

La nuit cependant s'écoulait et la belle enfant dormait toujours, tandis que Morin méditait sa chute. Le jour parut, et bientôt le soleil lança son premier rayon, un long rayon clair venu de l'horizon, sur le doux visage de la dormeuse.

Elle s'éveilla, s'assit, regarda la campagne, regarda Morin et sourit. Elle sourit en femme heureuse, d'un air engageant et gai. Morin tressaillit. Pas de doute, c'était pour lui ce sourire-là, c'était bien une invitation discrète, le signal rêvé qu'il attendait. Il voulait dire, ce sourire : « Êtes-vous bête, êtes-vous niais, êtes-vous jobard, d'être resté là, comme un pieu, sur votre siège depuis hier soir.

« Voyons, regardez-moi, ne suis-je pas charmante ? Et vous demeurez comme ça toute une nuit en tête à tête avec une jolie femme sans rien oser, grand sot. »

Elle souriait toujours en le regardant ; elle commençait même à rire ; et il perdait la tête, cherchant un mot de circonstance, un compliment, quelque chose à dire enfin, n'importe quoi. Mais il ne trouvait rien, rien. Alors, saisi d'une audace de poltron, il pensa : « Tant pis, je risque tout » ; et brusquement, sans crier « gare », il s'avança, les mains tendues, les lèvres gourmandes, et, la saisissant à pleins bras, il l'embrassa.

D'un bond elle fut debout, criant : « Au secours », hurlant d'épouvante. Et elle ouvrit la portière ; elle agita ses bras dehors, folle de peur, essayant de sauter, tandis que Morin éperdu, persuadé qu'elle allait se précipiter sur la voie, la retenait par sa jupe en bégayant : « Madame... oh !... madame. »

Le train ralentit sa marche, s'arrêta. Deux employés se précipitèrent aux signaux désespérés de la jeune femme qui tomba dans leurs bras en balbutiant : « Cet homme a voulu... a voulu... me... me... » Et elle s'évanouit.

On était en gare de Mauzé[1]. Le gendarme présent arrêta Morin.

Quand la victime de sa brutalité eut repris

---

1. Dans les Deux-Sèvres, à quarante kilomètres environ de La Rochelle.

connaissance, elle fit sa déclaration. L'autorité verbalisa. Et le pauvre mercier ne put regagner son domicile que le soir, sous le coup d'une poursuite judiciaire pour outrage aux bonnes mœurs dans un lieu public.

J'étais alors rédacteur en chef du *Fanal des Charentes*[1] ; et je voyais Morin, chaque soir, au café du Commerce.

Dès le lendemain de son aventure, il vint me trouver, ne sachant que faire. Je ne lui cachai pas mon opinion : « Tu n'es qu'un cochon. On ne se conduit pas comme ça. »

Il pleurait ; sa femme l'avait battu ; et il voyait son commerce ruiné, son nom dans la boue, déshonoré, ses amis, indignés, ne le saluant plus. Il finit par me faire pitié, et j'appelai mon collaborateur Rivet, un petit homme goguenard et de bon conseil, pour prendre ses avis.

Il m'engagea à voir le procureur impérial, qui était de mes amis. Je renvoyai Morin chez lui et je me rendis chez ce magistrat.

1. Titre inventé, selon Louis Forestier. Plus loin, Maupassant a également inventé les élections de 1875, qui eurent lieu en 1876, au début de l'année.

J'appris que la femme outragée était une jeune fille, Mlle Henriette Bonnel, qui venait de prendre à Paris ses brevets d'institutrice et qui, n'ayant plus ni père ni mère, passait ses vacances chez son oncle et sa tante, braves petits bourgeois de Mauzé.

Ce qui rendait grave la situation de Morin, c'est que l'oncle avait porté plainte. Le ministère public consentait à laisser tomber l'affaire si cette plainte était retirée. Voilà ce qu'il fallait obtenir.

Je retournai chez Morin. Je le trouvai dans son lit, malade d'émotion et de chagrin. Sa femme, une grande gaillarde osseuse et barbue, le maltraitait sans repos. Elle m'introduisit dans la chambre en me criant par la figure : « Vous venez voir ce cochon de Morin ? Tenez, le voilà, le coco ! »

Et elle se planta devant le lit, les poings sur les hanches. J'exposai la situation ; et il me supplia d'aller trouver la famille. La mission était délicate ; cependant je l'acceptai. Le pauvre diable ne cessait de répéter : « Je t'assure que je ne l'ai pas même embrassée, non, pas même. Je te le jure ! »

Je répondis : « C'est égal, tu n'es qu'un cochon. » Et je pris mille francs qu'il m'abandonna pour les employer comme je le jugerais convenable.

Mais comme je ne tenais pas à m'aventurer

seul dans la maison des parents, je priai Rivet de m'accompagner. Il y consentit, à la condition qu'on partirait immédiatement, car il avait, le lendemain dans l'après-midi, une affaire urgente à La Rochelle.

Et, deux heures plus tard, nous sonnions à la porte d'une jolie maison de campagne. Une belle jeune fille vint nous ouvrir. C'était elle assurément. Je dis tout bas à Rivet : « Sacrebleu, je commence à comprendre Morin. »

L'oncle, M. Tonnelet, était justement un abonné du *Fanal*, un fervent coreligionnaire politique qui nous reçut à bras ouverts, nous félicita, nous congratula, nous serra les mains, enthousiasmé d'avoir chez lui les deux rédacteurs de son journal. Rivet me souffla dans l'oreille : « Je crois que nous pourrons arranger l'affaire de ce cochon de Morin. »

La nièce s'était éloignée ; et j'abordai la question délicate. J'agitai le spectre du scandale ; je fis valoir la dépréciation inévitable que subirait la jeune personne après le bruit d'une pareille affaire ; car on ne croirait jamais à un simple baiser.

Le bonhomme semblait indécis ; mais il ne pouvait rien décider sans sa femme qui ne rentrerait que tard dans la soirée. Tout à coup il poussa un cri de triomphe : « Tenez, j'ai une idée excellente. Je vous tiens, je vous garde. Vous allez dîner et coucher ici tous les deux ;

et, quand ma femme sera revenue, j'espère que nous nous entendrons. »

Rivet résistait ; mais le désir de tirer d'affaire ce cochon de Morin le décida ; et nous acceptâmes l'invitation.

L'oncle se leva radieux, appela sa nièce, et nous proposa une promenade dans sa propriété, en proclamant : « À ce soir les affaires sérieuses. »

Rivet et lui se mirent à parler politique. Quant à moi, je me trouvai bientôt à quelques pas en arrière, à côté de la jeune fille. Elle était vraiment charmante, charmante !

Avec des précautions infinies, je commençai à lui parler de son aventure pour tâcher de m'en faire une alliée.

Mais elle ne parut pas confuse le moins du monde ; elle m'écoutait de l'air d'une personne qui s'amuse beaucoup.

Je lui disais : « Songez donc, mademoiselle, à tous les ennuis que vous aurez. Il vous faudra comparaître devant le tribunal, affronter les regards malicieux, parler en face de tout ce monde, raconter publiquement cette triste scène du wagon. Voyons, entre nous, n'auriez-vous pas mieux fait de ne rien dire, de remettre à sa place ce polisson sans appeler les employés ; et de changer simplement de voiture ? »

Elle se mit à rire. « C'est vrai ce que vous

dites ! mais que voulez-vous ? J'ai eu peur ; et, quand on a peur, on ne raisonne plus. Après avoir compris la situation, j'ai bien regretté mes cris ; mais il était trop tard. Songez aussi que cet imbécile s'est jeté sur moi comme un furieux, sans prononcer un mot, avec une figure de fou. Je ne savais même pas ce qu'il me voulait. »

Elle me regardait en face, sans être troublée ou intimidée. Je me disais : « Mais c'est une gaillarde, cette fille. Je comprends que ce cochon de Morin se soit trompé. »

Je repris en badinant : « Voyons, mademoiselle, avouez qu'il était excusable, car, enfin, on ne peut pas se trouver en face d'une aussi belle personne que vous sans éprouver le désir absolument légitime de l'embrasser. »

Elle rit plus fort, toutes les dents au vent : « Entre le désir et l'action, monsieur, il y a place pour le respect. »

La phrase était drôle, bien que peu claire. Je demandai brusquement : « Eh bien, voyons, si je vous embrassais, moi, maintenant, qu'est-ce que vous feriez ? »

Elle s'arrêta pour me considérer du haut en bas, puis elle dit tranquillement : « Oh, vous, ce n'est pas la même chose. »

Je le savais bien, parbleu, que ce n'était pas la même chose, puisqu'on m'appelait dans toute la province « le beau Labarbe ». J'avais

trente ans, alors, mais je demandai : « Pourquoi
ça ? »

Elle haussa les épaules, et répondit :
« Tiens ! parce que vous n'êtes pas aussi bête
que lui. » Puis elle ajouta, en me regardant en
dessous : « Ni aussi laid. »

Avant qu'elle eût pu faire un mouvement
pour m'éviter, je lui avais planté un bon baiser
sur la joue. Elle sauta de côté, mais trop tard.
Puis elle dit : « Eh bien ! vous n'êtes pas gêné
non plus, vous. Mais ne recommencez pas ce
jeu-là. »

Je pris un air humble et je dis à mi-voix :
« Oh ! mademoiselle, quant à moi, si j'ai un
désir au cœur, c'est de passer devant un tribunal pour la même cause que Morin. »

Elle demanda à son tour : « Pourquoi ça ? »
Je la regardai au fond des yeux sérieusement.
« Parce que vous êtes une des plus belles créa-
tures qui soient ; parce que ce serait pour moi
un brevet, un titre, une gloire, que d'avoir
voulu vous violenter. Parce qu'on dirait, après
vous avoir vue : "Tiens, Labarbe n'a pas volé
ce qui lui arrive, mais il a de la chance tout de
même." »

Elle se remit à rire de tout son cœur.

« Êtes-vous drôle ? » Elle n'avait pas fini le
mot *« drôle »* que je la tenais à pleins bras et
je lui jetais des baisers voraces partout où je
trouvais une place, dans les cheveux, sur le

front, sur les yeux, sur la bouche parfois, sur les joues, par toute la tête, dont elle découvrait toujours malgré elle un coin pour garantir les autres.

À la fin, elle se dégagea, rouge et blessée. « Vous êtes un grossier, monsieur, et vous me faites repentir de vous avoir écouté. »

Je lui saisis la main, un peu confus, balbutiant : « Pardon, pardon, mademoiselle. Je vous ai blessée ; j'ai été brutal ! Ne m'en voulez pas. Si vous saviez ?... » Je cherchais vainement une excuse.

Elle prononça, au bout d'un moment : « Je n'ai rien à savoir, monsieur. »

Mais j'avais trouvé ; je m'écriai : « Mademoiselle, voici un an que je vous aime ! »

Elle fut vraiment surprise et releva les yeux. Je repris : « Oui, mademoiselle, écoutez-moi. Je ne connais pas Morin et je me moque bien de lui. Peu m'importe qu'il aille en prison et devant les tribunaux. Je vous ai vue ici, l'an passé, vous étiez là-bas, devant la grille. J'ai reçu une secousse en vous apercevant et votre image ne m'a plus quitté. Croyez-moi ou ne me croyez pas, peu m'importe. Je vous ai trouvée adorable ; votre souvenir me possédait ; j'ai voulu vous revoir ; j'ai saisi le prétexte de cette bête de Morin ; et me voici. Les circonstances m'ont fait passer les bornes ; pardonnez-moi, je vous en supplie, pardonnez-moi. »

Elle guettait la vérité dans mon regard, prête à sourire de nouveau ; et elle murmura : « Blagueur. »

Je levai la main, et, d'un ton sincère (je crois même que j'étais sincère) : « Je vous jure que je ne mens pas. »

Elle dit simplement : « Allons donc. »

Nous étions seuls, tout seuls, Rivet et l'oncle ayant disparu dans les allées tournantes ; et je lui fis une vraie déclaration, longue, douce, en lui pressant et lui baisant les doigts. Elle écoutait cela comme une chose agréable et nouvelle, sans bien savoir ce qu'elle en devait croire.

Je finissais par me sentir troublé, par penser ce que je disais ; j'étais pâle, oppressé, frissonnant ; et, doucement, je lui pris la taille.

Je lui parlais tout bas dans les petits cheveux frisés de l'oreille. Elle semblait morte, tant elle restait rêveuse.

Puis sa main rencontra la mienne et la serra ; je pressai lentement sa taille d'une étreinte tremblante et toujours grandissante ; elle ne remuait plus du tout ; j'effleurais sa joue de ma bouche ; et tout à coup mes lèvres, sans chercher, trouvèrent les siennes. Ce fut un long, long baiser ; et il aurait encore duré longtemps, si je n'avais entendu « hum, hum » à quelques pas derrière moi.

Elle s'enfuit à travers un massif. Je me retournai et j'aperçus Rivet qui me rejoignait.

Il se campa au milieu du chemin, et, sans rire : « Eh bien ! c'est comme ça que tu arranges l'affaire de ce cochon de Morin ? »

Je répondis avec fatuité : « On fait ce qu'on peut, mon cher. Et l'oncle ? Qu'en as-tu obtenu ? Moi, je réponds de la nièce. »

Rivet déclara : « J'ai été moins heureux avec l'oncle. »

Et je lui pris le bras pour rentrer.

Le dîner acheva de me faire perdre la tête. J'étais à côté d'elle et ma main sans cesse rencontrait sa main sous la nappe ; mon pied pressait son pied ; nos regards se joignaient, se mêlaient.

On fit ensuite un tour au clair de lune et je lui murmurai dans l'âme toutes les tendresses qui me montaient du cœur. Je la tenais serrée contre moi, l'embrassant à tout moment, mouillant mes lèvres aux siennes. Devant nous, l'oncle et Rivet discutaient. Leurs ombres les suivaient gravement sur le sable des chemins.

On rentra. Et bientôt l'employé du télégraphe apporta une dépêche de la tante annonçant qu'elle ne reviendrait que le lendemain matin, à sept heures, par le premier train.

L'oncle dit : « Eh bien, Henriette, va montrer leurs chambres à ces messieurs. » On serra la main du bonhomme et on monta. Elle nous conduisit d'abord dans l'appartement de Rivet, et il me souffla dans l'oreille : « Pas de danger qu'elle nous ait menés chez toi d'abord. » Puis elle me guida vers mon lit. Dès qu'elle fut seule avec moi, je la saisis de nouveau dans mes bras, tâchant d'affoler sa raison et de culbuter sa résistance. Mais, quand elle se sentit tout près de défaillir, elle s'enfuit.

Je me glissai entre mes draps, très contrarié, très agité, et très penaud, sachant bien que je ne dormirais guère, cherchant quelle maladresse j'avais pu commettre, quand on heurta doucement ma porte.

Je demandai : « Qui est là ? »

Une voix légère répondit : « Moi. »

Je me vêtis à la hâte ; j'ouvris ; elle entra. « J'ai oublié, dit-elle, de vous demander ce que vous prenez le matin : du chocolat, du thé, ou du café ? »

Je l'avais enlacée impétueusement, la dévorant de caresses, bégayant : « Je prends... je prends... je prends... » Mais elle me glissa entre les bras, souffla ma lumière, et disparut.

Je restai seul, furieux, dans l'obscurité, cherchant des allumettes, n'en trouvant pas. J'en découvris enfin et je sortis dans le corridor, à moitié fou, mon bougeoir à la main.

Qu'allais-je faire ? Je ne raisonnais plus ; je voulais la trouver ; je la voulais. Et je fis quelques pas sans réfléchir à rien. Puis, je pensai brusquement : « Mais si j'entre chez l'oncle ?

que dirais-je ?... » Et je demeurai immobile, le cerveau vide, le cœur battant. Au bout de plusieurs secondes, la réponse me vint : « Parbleu ! je dirai que je cherchais la chambre de Rivet pour lui parler d'une chose urgente. »

Et je me mis à inspecter les portes, m'efforçant de découvrir la sienne, à elle. Mais rien ne pouvait me guider. Au hasard, je pris une clef que je tournai. J'ouvris, j'entrai... Henriette, assise dans son lit, effarée, me regardait.

Alors je poussai doucement le verrou ; et, m'approchant sur la pointe des pieds, je lui dis : « J'ai oublié, mademoiselle, de vous demander quelque chose à lire. » Elle se débattait ; mais j'ouvris bientôt le livre que je cherchais. Je n'en dirai pas le titre. C'était vraiment le plus merveilleux des romans, et le plus divin des poèmes.

Une fois tournée la première page, elle me le laissa parcourir à mon gré ; et j'en feuilletai tant de chapitres que nos bougies s'usèrent jusqu'au bout.

Puis, après l'avoir remerciée, je regagnais, à pas de loup, ma chambre, quand une main brutale m'arrêta, et une voix, celle de Rivet, me chuchota dans le nez : « Tu n'as donc pas fini d'arranger l'affaire de ce cochon de Morin ? »

Dès sept heures du matin, elle m'apportait elle-même une tasse de chocolat. Je n'en ai jamais bu de pareil. Un chocolat à s'en faire mourir, moelleux, velouté, parfumé, grisant. Je ne pouvais ôter ma bouche des bords délicieux de sa tasse.

À peine la jeune fille était-elle sortie que Rivet entra. Il semblait un peu nerveux, agacé comme un homme qui n'a guère dormi ; il me dit d'un ton maussade : « Si tu continues, tu sais, tu finiras par gâter l'affaire de ce cochon de Morin. »

À huit heures, la tante arrivait. La discussion fut courte. Les braves gens retiraient leur plainte, et je laisserais cinq cents francs aux pauvres du pays.

Alors, on voulut nous retenir à passer la journée. On organiserait même une excursion pour aller visiter des ruines. Henriette derrière le dos de ses parents me faisait des signes de tête : « Oui, restez donc. » J'acceptais, mais Rivet s'acharna à s'en aller.

Je le pris à part ; je le priai, je le sollicitai ; je lui disais : « Voyons, mon petit Rivet, fais cela pour moi. » Mais il semblait exaspéré et me répétait dans la figure : « J'en ai assez, entends-tu, de l'affaire de ce cochon de Morin. »

Je fus bien contraint de partir aussi. Ce fut un des moments les plus durs de ma vie. J'aurais bien arrangé cette affaire-là pendant toute mon existence.

Dans le wagon, après les énergiques et

muettes poignées de main des adieux, je dis à
Rivet : « Tu n'es qu'une brute. » Il répondit :
« Mon petit, tu commençais à m'agacer bou-
grement. »

En arrivant aux bureaux du *Fanal*, j'aperçus
une foule qui nous attendait... On cria dès
qu'on nous vit : « Eh bien, avez-vous arrangé
l'affaire de ce cochon de Morin ? »

Tout La Rochelle en était troublé. Rivet,
dont la mauvaise humeur s'était dissipée en
route, eut grand-peine à ne pas rire en déclarant : « Oui, c'est fait, grâce à Labarbe. »

Et nous allâmes chez Morin.

Il était étendu dans un fauteuil, avec des
sinapismes aux jambes et des compresses
d'eau froide sur le crâne, défaillant d'angoisse.
Et il toussait sans cesse, d'une petite toux
d'agonisant, sans qu'on sût d'où lui était venu
ce rhume. Sa femme le regardait avec des yeux
de tigresse prête à le dévorer.

Dès qu'il nous aperçut, il eut un tremblement qui lui secouait les poignets et les
genoux. Je dis : « C'est arrangé, salaud, mais
ne recommence pas. »

Il se leva, suffoquant, me prit les mains, les
baisa comme celles d'un prince, pleura, faillit
perdre connaissance, embrassa Rivet, embrassa
même Mme Morin qui le rejeta d'une poussée
dans son fauteuil.

Mais il ne se remit jamais de ce coup-là, son émotion avait été trop brutale.

On ne l'appelait plus dans toute la contrée que « ce cochon de Morin », et cette épithète le traversait comme un coup d'épée chaque fois qu'il l'entendait.

Quand un voyou dans la rue criait : « Cochon », il retournait la tête par instinct. Ses amis le criblaient de plaisanteries horribles, lui demandant, chaque fois qu'ils mangeaient du jambon : « Est-ce du tien ? »

Il mourut deux ans plus tard.

Quant à moi, me présentant à la députation, en 1875, j'allai faire une visite intéressée au nouveau notaire de Tousserre, Me Belloncle. Une grande femme opulente et belle me reçut.

— Vous ne me reconnaissez pas ? dit-elle.

Je balbutiai : — Mais... non... madame.

— Henriette Bonnel.

— Ah ! — Et je me sentis devenir pâle.

Elle semblait parfaitement à son aise, et souriait en me regardant.

Dès qu'elle m'eut laissé seul avec son mari, il me prit les mains, les serrant à les broyer : « Voici longtemps, cher monsieur, que je veux aller vous voir. Ma femme m'a tant parlé de vous. Je sais... oui, je sais en quelle circonstance douloureuse vous l'avez connue, je sais aussi comme vous avez été parfait, plein de délicatesse, de tact, de dévouement dans l'affaire... » Il hésita, puis prononça plus bas, comme s'il eût articulé un mot grossier : « ... Dans l'affaire de ce cochon de Morin. »

LA FOLLE [1]

À Robert de Bonnières [2].

Tenez, dit M. Mathieu d'Endolin, les bécasses me rappellent une bien sinistre anecdote de la guerre.

Vous connaissez ma propriété dans le faubourg de Cormeil. Je l'habitais au moment de l'arrivée des Prussiens.

J'avais alors pour voisine une espèce de

1. Paru à la suite de *La Bécasse* dans *Le Gaulois* du 5 décembre 1882.
2. Robert de Bonnières (1850-1905) collabora au *Gil Blas*, au *Figaro*, au *Gaulois*, à la *Revue indépendante*. Il est également l'auteur de romans, de poèmes et recueillit certaines de ses chroniques sous le titre *Mémoires d'aujourd'hui* (1883-1888). Sa femme avait un salon très fréquenté par les écrivains et les artistes (Barrès, Renan, Jacques-Émile Blanche, Teodor de Wyzewa) et lui-même était fort redouté pour la causticité de son esprit et la sévérité de ses jugements. Jules Renard évoque dans son *Journal* (Bibliothèque de la Pléiade, p. 79) l'accablement dans lequel un de ses articles plongea Goncourt, lequel d'ailleurs le détestait.

folle, dont l'esprit s'était égaré sous les coups du malheur. Jadis, à l'âge de vingt-cinq ans, elle avait perdu, en un seul mois, son père, son mari et son enfant nouveau-né.

Quand la mort est entrée une fois dans une maison, elle y revient presque toujours immédiatement, comme si elle connaissait la porte.

La pauvre jeune femme, foudroyée par le chagrin, prit le lit, délira pendant six semaines. Puis, une sorte de lassitude calme succédant à cette crise violente, elle resta sans mouvement, mangeant à peine, remuant seulement les yeux. Chaque fois qu'on voulait la faire lever, elle criait comme si on l'eût tuée. On la laissa donc toujours couchée, ne la tirant de ses draps que pour les soins de sa toilette et pour retourner ses matelas.

Une vieille bonne restait près d'elle, la faisant boire de temps en temps ou mâcher un peu de viande froide. Que se passait-il dans cette âme désespérée ? On ne le sut jamais ; car elle ne parla plus. Songeait-elle aux morts ? Rêvassait-elle tristement, sans souvenirs précis ? Ou bien sa pensée anéantie restait-elle immobile comme de l'eau sans courant ?

Pendant quinze années, elle demeura ainsi fermée et inerte.

La guerre vint ; et, dans les premiers jours de décembre, les Prussiens pénétrèrent à Cormeil.

Je me rappelle cela comme d'hier. Il gelait à fendre les pierres ; et j'étais étendu moi-même dans un fauteuil, immobilisé par la goutte, quand j'entendis le battement lourd et rythmé de leurs pas. De ma fenêtre, je les vis passer.

Ils défilaient interminablement, tous pareils, avec ce mouvement de pantins qui leur est particulier. Puis les chefs distribuèrent leurs hommes aux habitants. J'en eus dix-sept. La voisine, la folle, en avait douze, dont un commandant, vrai soudard, violent, bourru.

Pendant les premiers jours tout se passa normalement. On avait dit à l'officier d'à côté que la dame était malade ; et il ne s'en inquiéta guère. Mais bientôt cette femme qu'on ne voyait jamais l'irrita. Il s'informa de la maladie ; on répondit que son hôtesse était couchée depuis quinze ans par suite d'un violent chagrin. Il n'en crut rien sans doute, et s'imagina que la pauvre insensée ne quittait pas son lit par fierté, pour ne pas voir les Prussiens, et ne leur point parler, et ne les point frôler.

Il exigea qu'elle le reçût ; on le fit entrer dans sa chambre. Il demanda, d'un ton brusque :

— Je vous prierai, Matame, de fous lever et de tescentre pour qu'on fous foie.

Elle tourna vers lui ses yeux vagues, ses yeux vides, et ne répondit pas.

Il reprit :

— Che ne tolérerai bas d'insolence. Si fous ne fous levez bas de ponne folonté, che troufe-rai pien un moyen de fous faire bromener tout seule.

Elle ne fit pas un geste, toujours immobile comme si elle ne l'eût pas vu.

Il rageait, prenant ce silence calme pour une marque de mépris suprême. Et il ajouta :

— Si vous n'êtes pas tescentue temain...

Puis, il sortit.

Le lendemain, la vieille bonne, éperdue, la voulut habiller ; mais la folle se mit à hurler en se débattant. L'officier monta bien vite ; et la servante, se jetant à ses genoux, cria :

— Elle ne veut pas, monsieur, elle ne veut pas. Pardonnez-lui ; elle est si malheureuse.

Le soldat restait embarrassé, n'osant, malgré sa colère, la faire tirer du lit par ses hommes. Mais soudain il se mit à rire et donna des ordres en allemand.

Et bientôt on vit sortir un détachement qui soutenait un matelas comme on porte un blessé. Dans ce lit qu'on n'avait point défait, la folle, toujours silencieuse, restait tranquille, indifférente aux événements tant qu'on la lais-sait couchée. Un homme par-derrière portait un paquet de vêtements féminins.

Et l'officier prononça en se frottant les mains :

— Nous ferrons pien si vous ne poufez bas

vous hapiller toute seule et faire une bétite bromenate.

Puis on vit s'éloigner le cortège dans la direction de la forêt d'Imauville[1].

Deux heures plus tard les soldats revinrent tout seuls.

On ne revit plus la folle. Qu'en avaient-ils fait ? Où l'avaient-ils portée ? On ne le sut jamais.

La neige tombait maintenant jour et nuit, ensevelissant la plaine et les bois sous un linceul de mousse glacée. Les loups venaient hurler jusqu'à nos portes.

La pensée de cette femme perdue me hantait ; et je fis plusieurs démarches auprès de l'autorité prussienne, afin d'obtenir des renseignements. Je faillis être fusillé.

Le printemps revint. L'armée d'occupation s'éloigna. La maison de ma voisine restait fermée ; l'herbe drue poussait dans les allées.

La vieille bonne était morte pendant l'hiver. Personne ne s'occupait plus de cette aventure ; moi seul y songeais sans cesse.

Qu'avaient-ils fait de cette femme ? s'était-elle enfuie à travers les bois ? L'avait-on recueillie quelque part, et gardée dans un hôpi-

1. Entre Bolbec et Fécamp, c'est-à-dire dans la région même où Maupassant a passé son enfance.

tal sans pouvoir obtenir d'elle aucun renseigne-
ment ? Rien ne venait alléger mes doutes ;
mais, peu à peu, le temps apaisa le souci de
mon cœur.

Or, à l'automne suivant, les bécasses passè-
rent en masse ; et, comme ma goutte me lais-
sait un peu de répit, je me traînai jusqu'à la
forêt. J'avais déjà tué quatre ou cinq oiseaux à
long bec, quand j'en abattis un qui disparut
dans un fossé plein de branches. Je fus obligé
d'y descendre pour y ramasser ma bête. Je la
trouvai tombée auprès d'une tête de mort. Et
brusquement le souvenir de la folle m'arriva
dans la poitrine comme un coup de poing. Bien
d'autres avaient expiré dans ces bois peut-être
en cette année sinistre ; mais je ne sais pourquoi, j'étais sûr, sûr, vous dis-je, que je rencontrais la tête de cette misérable maniaque.

Et soudain je compris, je devinai tout. Ils
l'avaient abandonnée sur ce matelas, dans la
forêt froide et déserte ; et, fidèle à son idée
fixe, elle s'était laissée mourir sous l'épais et
léger duvet des neiges et sans remuer le bras
ou la jambe.

Puis les loups l'avaient dévorée.

Et les oiseaux avaient fait leur nid avec la
laine de son lit déchiré.

J'ai gardé ce triste ossement. Et je fais des
vœux pour que nos fils ne voient plus jamais
de guerre.

PIERROT[1]

À Henri Roujon[2].

Mme Lefèvre était une dame de campagne, une veuve, une de ces demi-paysannes à rubans et à chapeaux falbalas[3], de ces personnes qui parlent avec des cuirs, prennent en public des airs grandioses, et cachent une âme de brute prétentieuse sous des dehors comiques et chamarrés, comme elles dissimulent leurs

1. Paru dans *Le Gaulois* du 9 octobre 1882.
2. Henry Roujon (1853-1914) était un vieil ami de Maupassant, dont il protégea les débuts dans les lettres et l'administration. Il fit une carrière à la fois littéraire et politique, puisque cet aimable écrivain fut aussi le collaborateur de Jules Ferry, de Paul Bert, de Léon Bourgeois et succéda à Gustave Larroumet en 1891 comme directeur des Beaux-Arts. Il le resta jusqu'en 1903, sans faire beaucoup parler de lui.
3. Maupassant a bien écrit *chapeaux falbalas* et non *à falbalas*. Selon Marie-Claire Bancquart (Maupassant : *Boule de suif et autres Contes normands*, Garnier, 1971, p. 612), le chapeau falbalas était un « chapeau orné de bandes de tissus plissées » qui avait « cessé d'être à la mode à la fin du XVIIIe siècle ».

grosses mains rouges sous des gants de soie écrue.

Elle avait pour servante une brave campagnarde toute simple, nommée Rose.

Les deux femmes habitaient une petite maison à volets verts, le long d'une route, en Normandie, au centre du pays de Caux.

Comme elles possédaient, devant l'habitation, un étroit jardin, elles cultivaient quelques légumes.

Or, une nuit, on leur vola une douzaine d'oignons.

Dès que Rose s'aperçut du larcin, elle courut prévenir madame, qui descendit en jupe de laine. Ce fut une désolation et une terreur. On avait volé, volé Mme Lefèvre ! Donc, on volait dans le pays, puis on pouvait revenir.

Et les deux femmes effarées contemplaient les traces de pas, bavardaient, supposaient des choses : « Tenez, ils ont passé par là. Ils ont mis leurs pieds sur le mur ; ils ont sauté dans la plate-bande. »

Et elles s'épouvantaient pour l'avenir. Comment dormir tranquilles maintenant !

Le bruit du vol se répandit. Les voisins arrivèrent, constatèrent, discutèrent à leur tour ; et les deux femmes expliquaient à chaque nouveau venu leurs observations et leurs idées.

Un fermier d'à côté leur offrit ce conseil : « Vous devriez avoir un chien. »

C'était vrai, cela ; elles devraient avoir un chien, quand ce ne serait que pour donner l'éveil. Pas un gros chien, Seigneur ! Que feraient-elles d'un gros chien ! Il les ruinerait en nourriture. Mais un petit chien (en Normandie, on prononce *quin*), un petit freluquet de *quin* qui jappe.

Dès que tout le monde fut parti, Mme Lefèvre discuta longtemps cette idée de chien. Elle faisait, après réflexion, mille objections, terrifiée par l'image d'une jatte pleine de pâtée ; car elle était de cette race parcimonieuse de dames campagnardes qui portent toujours des centimes dans leur poche pour faire l'aumône ostensiblement aux pauvres des chemins, et donner aux quêtes du dimanche.

Rose, qui aimait les bêtes, apporta ses raisons et les défendit avec astuce. Donc il fut décidé qu'on aurait un chien, un tout petit chien.

On se mit à sa recherche, mais on n'en trouvait que des grands, des avaleurs de soupe à faire frémir. L'épicier de Rolleville en avait bien un, un tout petit ; mais il exigeait qu'on le lui payât deux francs, pour couvrir ses frais d'élevage. Mme Lefèvre déclara qu'elle voulait bien nourrir un « quin », mais qu'elle n'en achèterait pas.

Or, le boulanger, qui savait les événements, apporta, un matin, dans sa voiture, un étrange petit animal tout jaune, presque sans pattes, avec un corps de crocodile, une tête de renard et une queue en trompette, un vrai panache, grand comme tout le reste de sa personne. Un client cherchait à s'en défaire. Mme Lefèvre trouva fort beau ce roquet immonde, qui ne coûtait rien. Rose l'embrassa, puis demanda comment on le nommait. Le boulanger répondit : « Pierrot. »

Il fut installé dans une vieille caisse à savon et on lui offrit d'abord de l'eau à boire. Il but. On lui présenta ensuite un morceau de pain. Il mangea. Mme Lefèvre, inquiète, eut une idée : « Quand il sera bien accoutumé à la maison, on le laissera libre. Il trouvera à manger en rôdant par le pays. »

On le laissa libre, en effet, ce qui ne l'empêcha point d'être affamé. Il ne jappait d'ailleurs que pour réclamer sa pitance ; mais, dans ce cas, il jappait avec acharnement.

Tout le monde pouvait entrer dans le jardin. Pierrot allait caresser chaque nouveau venu, et demeurait absolument muet.

Mme Lefèvre cependant s'était accoutumée à cette bête. Elle en arrivait même à l'aimer, et à lui donner de sa main, de temps en temps, des bouchées de pain trempées dans la sauce de son fricot.

Mais elle n'avait nullement songé à l'impôt, et quand on lui réclama huit francs, — huit francs, madame ! — pour ce freluquet de *quin* qui ne jappait seulement point, elle faillit s'évanouir de saisissement.

Il fut immédiatement décidé qu'on se débarrasserait de Pierrot. Personne n'en voulut. Tous les habitants le refusèrent à dix lieues aux environs. Alors on se résolut, faute d'autre moyen, à lui faire « piquer du mas ».

« Piquer du mas », c'est « manger de la marne ». On fait « piquer du mas » à tous les chiens dont on veut se débarrasser.

Au milieu d'une vaste plaine, on aperçoit une espèce de hutte, ou plutôt un tout petit toit de chaume, posé sur le sol. C'est l'entrée de la marnière. Un grand puits tout droit s'enfonce jusqu'à vingt mètres sous terre, pour aboutir à une série de longues galeries de mines.

On descend une fois par an dans cette carrière, à l'époque où l'on marne les terres. Tout le reste du temps, elle sert de cimetière aux chiens condamnés ; et souvent, quand on passe auprès de l'orifice, des hurlements plaintifs, des aboiements furieux ou désespérés, des appels lamentables montent jusqu'à vous.

Les chiens des chasseurs et des bergers s'enfuient avec épouvante des abords de ce trou gémissant ; et, quand on se penche au-dessus, il sort de là une abominable odeur de pourriture.

Des drames affreux s'y accomplissent dans l'ombre.

Quand une bête agonise depuis dix à douze jours dans le fond, nourrie par les restes immondes de ses devanciers, un nouvel animal, plus gros, plus vigoureux certainement, est précipité tout à coup. Ils sont là, seuls, affamés, les yeux luisants. Ils se guettent, se suivent, hésitent, anxieux. Mais la faim les presse : ils s'attaquent, luttent longtemps, acharnés ; et le plus fort mange le plus faible, le dévore vivant.

Quand il fut décidé qu'on ferait « piquer du mas » à Pierrot, on s'enquit d'un exécuteur. Le cantonnier qui binait la route demanda dix sous pour la course. Cela parut follement exagéré à Mme Lefèvre. Le goujat[1] du voisin se contentait de cinq sous ; c'était trop encore ; et, Rose ayant fait observer qu'il valait mieux qu'elles le portassent elles-mêmes, parce qu'ainsi il ne serait pas brutalisé en route et averti de son sort, il fut résolu qu'elles iraient toutes les deux à la nuit tombante.

On lui offrit, ce soir-là, une bonne soupe avec un doigt de beurre. Il l'avala jusqu'à la dernière goutte ; et, comme il remuait la queue de contentement, Rose le prit dans son tablier.

Elles allaient à grands pas, comme des

---

1. Le *goujat,* c'est le valet d'armée, puis l'apprenti qui porte le mortier et les instruments du maçon, puis n'importe quel apprenti ou homme à tout faire.

maraudeuses, à travers la plaine. Bientôt elles
aperçurent la marnière et l'atteignirent ;
Mme Lefèvre se pencha pour écouter si aucune
bête ne gémissait. — Non — il n'y en avait
pas ; Pierrot serait seul. Alors Rose, qui pleurait, l'embrassa, puis le lança dans le trou ; et
elles se penchèrent toutes deux, l'oreille
tendue.

Elles entendirent d'abord un bruit sourd ;
puis la plainte aiguë, déchirante, d'une bête
blessée, puis une succession de petits cris de
douleur, puis des appels désespérés, des supplications de chien qui implorait, la tête levée
vers l'ouverture.

Il jappait, oh ! il jappait !

Elles furent saisies de remords, d'épouvante,
d'une peur folle et inexplicable ; et elles se
sauvèrent en courant. Et, comme Rose allait
plus vite, Mme Lefèvre criait : « Attendez-moi,
Rose, attendez-moi ! »

Leur nuit fut hantée de cauchemars épou-
vantables.

Mme Lefèvre rêva qu'elle s'asseyait à table
pour manger la soupe, mais, quand elle découvrait la soupière, Pierrot était dedans. Il s'élan-
çait et la mordait au nez.

Elle se réveilla et crut l'entendre japper
encore. Elle écouta ; elle s'était trompée.

Elle s'endormit de nouveau et se trouva sur
une grande route, une route interminable,

qu'elle suivait. Tout à coup, au milieu du chemin, elle aperçut un panier, un grand panier de fermier, abandonné ; et ce panier lui faisait peur.

Elle finissait cependant par l'ouvrir, et Pierrot, blotti dedans, lui saisissait la main, ne la lâchait plus ; et elle se sauvait éperdue, portant ainsi au bout du bras le chien suspendu, la gueule serrée.

Au petit jour, elle se leva, presque folle, et courut à la marnière.

Il jappait ; il jappait encore, il avait jappé toute la nuit. Elle se mit à sangloter et l'appela avec mille petits noms caressants. Il répondit avec toutes les inflexions tendres de sa voix de chien.

Alors elle voulut le revoir, se promettant de le rendre heureux jusqu'à sa mort.

Elle courut chez le puisatier chargé de l'extraction de la marne, et elle lui raconta son cas. L'homme écoutait sans rien dire. Quand elle eut fini, il prononça : « Vous voulez votre quin ? Ce sera quatre francs. »

Elle eut un sursaut ; toute sa douleur s'envola du coup.

« Quatre francs ! vous vous en feriez mourir ! quatre francs ! »

Il répondit : « Vous croyez que j'vas apporter mes cordes, mes manivelles, et monter tout ça, et m'n aller là-bas avec mon garçon et m' faire mordre encore par votre maudit quin, pour l' plaisir de vous le r'donner ? fallait pas l' jeter. »

Elle s'en alla, indignée. — Quatre francs !

Aussitôt rentrée, elle appela Rose et lui dit les prétentions du puisatier. Rose, toujours résignée, répétait : « Quatre francs ! c'est de l'argent, madame. »

Puis, elle ajouta : « Si on lui jetait à manger, à ce pauvre quin, pour qu'il ne meure pas comme ça ? »

Mme Lefèvre approuva, toute joyeuse ; et les voilà reparties, avec un gros morceau de pain beurré.

Elles le coupèrent par bouchées qu'elles lançaient l'une après l'autre, parlant tout à tour à Pierrot. Et sitôt que le chien avait achevé un morceau, il jappait pour réclamer le suivant.

Elles revinrent le soir, puis le lendemain, tous les jours. Mais elles ne faisaient plus qu'un voyage.

Or, un matin, au moment de laisser tomber la première bouchée, elles entendirent tout à coup un aboiement formidable dans le puits. Ils étaient deux ! On avait précipité un autre chien, un gros !

Rose cria : « Pierrot ! » Et Pierrot jappa, jappa. Alors on se mit à jeter la nourriture ; mais, chaque fois elles distinguaient parfaitement une bousculade terrible, puis les cris plaintifs de Pierrot mordu par son compagnon, qui mangeait tout, étant le plus fort.

Elles avaient beau spécifier : « C'est pour toi, Pierrot ! » Pierrot, évidemment, n'avait rien.

Les deux femmes interdites, se regardaient ; et Mme Lefèvre prononça d'un ton aigre : « Je ne peux pourtant pas nourrir tous les chiens qu'on jettera là-dedans. Il faut y renoncer. »

Et, suffoquée à l'idée de tous ces chiens vivant à ses dépens, elle s'en alla, emportant même ce qui restait du pain qu'elle se mit à manger en marchant.

Rose la suivit en s'essuyant les yeux du coin de son tablier bleu.

MENUET [1]

À Paul Bourget [2].

Les grands malheurs ne m'attristent guère, dit Jean Bridelle, un vieux garçon qui passait pour sceptique. J'ai vu la guerre de bien près : j'enjambais les corps sans apitoiement. Les fortes brutalités de la nature ou des hommes peuvent nous faire pousser des cris d'horreur ou d'indignation, mais ne nous donnent point

---

1. Paru dans *Le Gaulois* du 20 novembre 1882.
2. Maupassant était en excellents termes avec Paul Bourget (1852-1935) qui avait collaboré comme lui à la *Revue moderne et naturaliste* et auquel il consacra un de ses « Profils d'écrivains » dans *Gil Blas* du 1er juin 1882. Paul Bourget, qui allait publier l'année suivante les premiers de ses *Essais de psychologie contemporaine*, était alors un poète (*La Vie inquiète, Les Aveux*) fort apprécié de la jeunesse. En 1885, il abordera le roman avec *Cruelle énigme* et se spécialisera, en rupture avec le naturalisme, dans la psychologie mondaine. Il parviendra au sommet des honneurs littéraires à travers une œuvre fort abondante, et non dépourvue de mérites, tout entière consacrée à la défense du traditionalisme politique et social ainsi que des valeurs religieuses.

ce pincement au cœur, ce frisson qui vous passe dans le dos à la vue de certaines petites choses navrantes.

La plus violente douleur qu'on puisse éprouver, certes, est la perte d'un enfant pour une mère, et la perte de la mère pour un homme. Cela est violent, terrible, cela bouleverse et déchire ; mais on guérit de ces catastrophes comme des larges blessures saignantes. Or, certaines rencontres, certaines choses entr'aperçues, devinées, certains chagrins secrets, certaines perfidies du sort, qui remuent en nous tout un monde douloureux de pensées, qui entrouvrent devant nous brusquement la porte mystérieuse des souffrances morales, compliquées, incurables, d'autant plus profondes qu'elles semblent bénignes, d'autant plus cuisantes qu'elles semblent presque insaisissables, d'autant plus tenaces qu'elles semblent factices, nous laissent à l'âme comme une traînée de tristesse, un goût d'amertume, une sensation de désenchantement dont nous sommes longtemps à nous débarrasser.

J'ai toujours devant les yeux deux ou trois choses que d'autres n'eussent point remarquées assurément, et qui sont entrées en moi comme de longues et minces piqûres inguérissables.

Vous ne comprendriez peut-être pas l'émotion qui m'est restée de ces rapides impressions. Je ne vous en dirai qu'une. Elle est très vieille, mais vive comme d'hier. Il se peut que mon imagination seule ait fait les frais de mon attendrissement.

J'ai cinquante ans. J'étais jeune alors et j'étudiais le droit. Un peu triste, un peu rêveur, imprégné d'une philosophie mélancolique, je n'aimais guère les cafés bruyants, les camarades braillards, ni les filles stupides. Je me levais tôt ; et une de mes plus chères voluptés était de me promener seul, vers huit heures du matin, dans la pépinière du Luxembourg [1].

1. La pépinière du Luxembourg occupait l'emplacement de l'actuel lycée Montaigne. Sa destruction, décidée en 1866 pour faire place à une percée haussmannienne, provoqua les protestations des étudiants et des écologistes de l'époque. Non sans conséquence politique si l'on en croit une chronique de Jules Vallès, « Le Luxembourg », publiée dans *La France* du 6 avril 1883 : « Des murmures d'indignation, une explosion de mélancolie accueillirent, il y a un quart de siècle, l'assassinat de la Pépinière, dans le fond ombreux du Luxembourg. Un crêpe noir fut jeté sur ce qui survécut de verdure, et je parierais que le sabre de l'Empire fut ébréché par l'outil de l'assassin. Tel qui venait là, entre ces buissons verts, dans cette paix et ce silence, se promener en poète et en songeur pendant les saisons douces, devint un ennemi, quand on l'eut chassé de ce coin tranquille, et se jeta, désorienté et mécontent, dans l'agitation de la rue » (repris dans Jules Vallès, *Le Tableau de Paris*, Les Éditeurs français réunis, 1971). Vallès, qui avait déjà évoqué la disparition de la Pépinière dans un chapitre, « La Rue maudite », de *La Rue* (paru en 1866), exagère peut-être un peu. Mais l'affaire fit grand bruit, donna lieu à une manifestation devant le théâtre de l'Odéon le 17 mars 1866, alors que l'Empereur se rendait au spectacle, et à une interpellation au Sénat le 1er juin de la même année (voir Taxile Delord, *Histoire du Second Empire*, 1868-1875, tome 5, p. 246 et suivantes).

Vous ne l'avez pas connue, vous autres, cette pépinière ? C'était comme un jardin oublié de l'autre siècle, un jardin joli comme un doux sourire de vieille. Des haies touffues séparaient les allées étroites et régulières, allées calmes entre deux murs de feuillage taillés avec méthode. Les grands ciseaux du jardinier alignaient sans relâche ces cloisons de branches ; et, de place en place, on rencontrait des parterres de fleurs, des plates-bandes de petits arbres rangés comme des collégiens en promenade, des sociétés de rosiers magnifiques ou des régiments d'arbres à fruit.

Tout un coin de ce ravissant bosquet était habité par les abeilles. Leurs maisons de paille, savamment espacées sur des planches, ouvraient au soleil leurs portes grandes comme l'entrée d'un dé à coudre ; et on rencontrait tout le long des chemins les mouches bourdonnantes et dorées, vraies maîtresses de ce lieu pacifique, vraies promeneuses de ces tranquilles allées en corridors.

Je venais là presque tous les matins. Je m'asseyais sur un banc et je lisais. Parfois je laissais retomber le livre sur mes genoux pour rêver, pour écouter autour de moi vivre Paris, et jouir du repos infini de ces charmilles à la mode ancienne.

Mais je m'aperçus bientôt que je n'étais pas seul à fréquenter ce lieu dès l'ouverture des

barrières, et je rencontrais parfois, nez à nez,
au coin d'un massif, un étrange petit vieillard.

Il portait des souliers à boucles d'argent, une
culotte à pont[1], une redingote tabac d'Espagne,
une dentelle en guise de cravate et un invraisemblable chapeau gris à grands bords et à
grands poils, qui faisait penser au déluge.

Il était maigre, fort maigre, anguleux, grimaçant et souriant. Ses yeux vifs palpitaient,
s'agitaient sous un mouvement continu des
paupières ; et il avait toujours à la main une
superbe canne à pommeau d'or qui devait être
pour lui quelque souvenir magnifique.

Ce bonhomme m'étonna d'abord, puis m'in-
téressa outre mesure. Et je le guettais à travers
les murs de feuilles, je le suivais de loin, m'arrêtant au détour des bosquets pour n'être point
vu.

Et voilà qu'un matin, comme il se croyait
bien seul, il se mit à faire des mouvements
singuliers : quelques petits bonds d'abord, puis
une révérence ; puis il battit, de sa jambe grêle,
un entrechat encore alerte, puis il commença à
pivoter galamment, sautillant, se trémoussant
d'une façon drôle, souriant comme devant un
public, faisant des grâces, arrondissant les bras,
tortillant son pauvre corps de marionnette,

---

1. Une *culotte à pont* était une culotte dont le devant pouvait
être à volonté baissé ou relevé.

adressant dans le vide de légers saluts atten-
drissants et ridicules. Il dansait !

Je demeurais pétrifié d'étonnement, me demandant lequel des deux était fou, lui, ou
moi.

Mais il s'arrêta soudain, s'avança comme
font les acteurs sur la scène, puis s'inclina en
reculant avec des sourires gracieux et des baisers de comédienne qu'il jetait de sa main
tremblante aux deux rangées d'arbres taillés.

Et il reprit avec gravité sa promenade.

À partir de ce jour, je ne le perdis plus de
vue ; et, chaque matin, il recommençait son
exercice invraisemblable.

Une envie folle me prit de lui parler. Je me
risquai, et, l'ayant salué, je lui dis :

— Il fait bien bon aujourd'hui, Monsieur.

Il s'inclina.

— Oui, Monsieur, c'est un vrai temps de
jadis.

Huit jours après, nous étions amis, et je con-
nus son histoire. Il avait été maître de danse à
l'Opéra, du temps du roi Louis XV. Sa belle
canne était un cadeau du comte de Clermont[1].

---

1. Louis Forestier remarque que le comte de Clermont,
arrière-petit-fils du grand Condé et abbé de Saint-Germain,
étant mort en 1771, le héros du conte aurait dans les quatre-
vingt-dix-huit ans.

Et, quand on lui parlait de danse, il ne s'arrêtait plus de bavarder.

Or, voilà qu'un jour il me confia :

— J'ai épousé la Castris [1], Monsieur. Je vous présenterai si vous voulez, mais elle ne vient ici que sur le tantôt. Ce jardin, voyez-vous, c'est notre plaisir et notre vie. C'est tout ce qui nous reste d'autrefois. Il nous semble que nous ne pourrions plus exister si nous ne l'avions point. Cela est vieux et distingué, n'est-ce pas ? Je crois y respirer un air qui n'a point changé depuis ma jeunesse. Ma femme et moi, nous y passons toutes nos après-midi. Mais, moi, j'y viens dès le matin, car je me lève de bonne heure.

Dès que j'eus fini de déjeuner, je retournai au Luxembourg, et bientôt j'aperçus mon ami qui donnait le bras avec cérémonie à une toute vieille petite femme vêtue de noir, et à qui je fus présenté. C'était la Castris, la grande danseuse aimée des princes, aimée du roi, aimée de tout ce siècle galant qui semble avoir laissé dans le monde une odeur d'amour.

Nous nous assîmes sur un banc de pierre. C'était au mois de mai. Un parfum de fleurs

---

1. Nom forgé, sans grand bonheur (Maupassant ne savait pas nommer ses héros) sur celui de l'illustre Vestris (1729-1808), florentin d'origine, qui fut premier danseur et maître de ballet de l'Opéra et se produisait encore en scène en 1800.

voltigeait dans les allées proprettes ; un bon soleil glissait entre les feuilles et semait sur nous de larges gouttes de lumière. La robe noire de la Castris semblait toute mouillée de clarté.

Le jardin était vide. On entendait au loin rouler des fiacres.

— Expliquez-moi donc, dis-je au vieux danseur, ce que c'était que le menuet ?

Il tressaillit.

— Le menuet, Monsieur, c'est la reine des danses, et la danse des Reines, entendez-vous ? Depuis qu'il n'y a plus de Rois, il n'y a plus de menuet.

Et il commença, en style pompeux, un long éloge dithyrambique auquel je ne compris rien. Je voulus me faire décrire les pas, tous les mouvements, les poses. Il s'embrouillait, s'exaspérant de son impuissance, nerveux et désolé.

Et soudain, se tournant vers son antique compagne, toujours silencieuse et grave :

— Élise, veux-tu, dis, veux-tu, tu seras bien gentille, veux-tu que nous montrions à Monsieur ce que c'était ?

Elle tourna ses yeux inquiets de tous les côtés, puis se leva sans dire un mot et vint se placer en face de lui.

Alors je vis une chose inoubliable.

Ils allaient et venaient avec des simagrées

enfantines, se souriaient, se balançaient, s'in-
clinaient, sautillaient pareils à deux vieilles
poupées qu'aurait fait danser une mécanique
ancienne, un peu brisée, construite jadis par un
ouvrier fort habile, suivant la manière de son
temps.

Et je les regardais, le cœur troublé de sensa-
tions extraordinaires, l'âme émue d'une indicible mélancolie. Il me semblait voir une apparition lamentable et comique, l'ombre démodée
d'un siècle. J'avais envie de rire et besoin de
pleurer.

Tout à coup ils s'arrêtèrent, ils avaient
terminé les figures de la danse. Pendant quelques secondes ils restèrent debout l'un devant
l'autre, grimaçant d'une façon surprenante ;
puis ils s'embrassèrent en sanglotant.

Je partais, trois jours après, pour la province.
Je ne les ai point revus. Quand je revins à
Paris, deux ans plus tard, on avait détruit la
pépinière. Que sont-ils devenus sans le cher
jardin d'autrefois, avec ses chemins en labyrin-
the, son odeur du passé et les détours gracieux
des charmilles ?

Sont-ils morts ? Errent-ils par les rues modernes comme des exilés sans espoir ? Dansent-
ils, spectres falots, un menuet fantastique entre
les cyprès d'un cimetière, le long des sentiers
bordés de tombes, au clair de lune ?

Leur souvenir me hante, m'obsède, me torture, demeure en moi comme une blessure. Pourquoi ? Je n'en sais rien.

Vous trouverez cela ridicule, sans doute ?

LA PEUR [1]

À J.-K. Huysmans [2].

On remonta sur le pont après dîner. Devant nous, la Méditerranée n'avait pas un frisson sur toute sa surface, qu'une grande lune calme moirait. Le vaste bateau glissait, jetant sur le ciel, qui semblait ensemencé d'étoiles, un gros serpent de fumée noire ; et, derrière nous, l'eau toute blanche, agitée par le passage rapide du lourd bâtiment, battue par l'hélice, moussait, semblait se tordre, remuait tant de clartés qu'on eût dit de la lumière de lune bouillonnant.

1. Paru dans *Le Gaulois* du 23 octobre 1882.
2. En 1883, Huysmans, très lié à Zola et qui a publié une nouvelle, *Sac au dos* dans *Les Soirées de Médan*, n'est qu'au début de sa carrière. Un an plus tard, *À Rebours* marquera sa rupture avec le naturalisme et provoquera le mécontentement du maître, mais non celui de Maupassant qui commentera le roman avec bienveillance dans *Gil Blas* du 10 juin 1884. En mars 1882, Maupassant avait déjà fait l'éloge dans *Le Gaulois* d'*À vau-l'eau*, qui venait de paraître en Belgique.

Nous étions là, six ou huit, silencieux, admirant, l'œil tourné vers l'Afrique lointaine où nous allions. Le commandant, qui fumait un cigare au milieu de nous, reprit soudain la conversation du dîner.

— Oui, j'ai eu peur ce jour-là. Mon navire est resté six heures avec ce rocher dans le ventre, battu par la mer. Heureusement que nous avons été recueillis, vers le soir, par un charbonnier anglais qui nous aperçut.

Alors un grand homme à figure brûlée, à l'aspect grave, un de ces hommes qu'on sent avoir traversé de longs pays inconnus, au milieu de dangers incessants, et dont l'œil tranquille semble garder, dans sa profondeur, quelque chose des paysages étranges qu'il a vus ; un de ces hommes qu'on devine trempés dans le courage, parla pour la première fois :

— Vous dites, commandant, que vous avez eu peur ; je n'en crois rien. Vous vous trompez sur le mot et sur la sensation que vous avez éprouvée. Un homme énergique n'a jamais peur en face du danger pressant. Il est ému, agité, anxieux ; mais la peur, c'est autre chose.

Le commandant reprit en riant :

— Fichtre ! je vous réponds bien que j'ai eu peur, moi.

Alors l'homme au teint bronzé prononça d'une voix lente :

— Permettez-moi de m'expliquer ! La peur

(et les hommes les plus hardis peuvent avoir peur), c'est quelque chose d'effroyable, une sensation atroce, comme une décomposition de l'âme, un spasme affreux de la pensée et du cœur, dont le souvenir seul donne des frissons d'angoisse. Mais cela n'a lieu, quand on est brave, ni devant une attaque, ni devant la mort inévitable, ni devant toutes les formes connues du péril : cela a lieu dans certaines circonstances anormales, sous certaines influences mystérieuses en face de risques vagues. La vraie peur, c'est quelque chose comme une réminiscence des terreurs fantastiques d'autrefois. Un homme qui croit aux revenants, et qui s'imagine apercevoir un spectre dans la nuit, doit éprouver la peur en toute son épouvantable horreur.

Moi, j'ai deviné la peur en plein jour, il y a dix ans environ. Je l'ai ressentie, l'hiver dernier, par une nuit de décembre.

Et, pourtant, j'ai traversé bien des hasards, bien des aventures qui semblaient mortelles. Je me suis battu souvent. J'ai été laissé pour mort par des voleurs. J'ai été condamné, comme insurgé, à être pendu, en Amérique, et jeté à la mer du pont d'un bâtiment sur les côtes de Chine. Chaque fois je me suis cru perdu, j'en ai pris immédiatement mon parti, sans attendrissement et même sans regrets.

Mais la peur, ce n'est pas cela.

Je l'ai pressentie en Afrique. Et pourtant elle est fille du Nord ; le soleil la dissipe comme un brouillard. Remarquez bien ceci, messieurs. Chez les Orientaux, la vie ne compte pour rien ; on est résigné tout de suite ; les nuits sont claires et vides de légendes, les âmes aussi vides des inquiétudes sombres qui hantent les cerveaux dans les pays froids. En Orient, on peut connaître la panique, on ignore la peur.

Eh bien ! voici ce qui m'est arrivé sur cette terre d'Afrique :

Je traversais les grandes dunes au sud de Ouargla. C'est là un des plus étranges pays du monde. Vous connaissez le sable uni, le sable droit des interminables plages de l'Océan. Eh bien ! figurez-vous l'Océan lui-même devenu sable au milieu d'un ouragan ; imaginez une tempête silencieuse de vagues immobiles en poussière jaune. Elles sont hautes comme des montagnes, ces vagues inégales, différentes, soulevées tout à fait comme des flots déchaînés, mais plus grandes encore, et striées comme de la moire. Sur cette mer furieuse, muette et sans mouvement, le dévorant soleil du sud verse sa flamme implacable et directe. Il faut gravir ces lames de cendre d'or, redescendre, gravir encore, gravir sans cesse, sans repos et sans ombre. Les chevaux râlent, enfoncent jusqu'aux genoux, et glissent en

dévalant l'autre versant des surprenantes collines.

Nous étions deux amis suivis de huit spahis
et de quatre chameaux avec leurs chameliers.
Nous ne parlions plus, accablés de chaleur, de
fatigue, et desséchés de soif comme ce désert
ardent. Soudain un de nos hommes poussa une
sorte de cri ; tous s'arrêtèrent ; et nous demeu-
râmes immobiles, surpris par un inexplicable
phénomène connu des voyageurs en ces con-
trées perdues.

Quelque part, près de nous, dans une direction indéterminée, un tambour battait, le mys-
térieux tambour des dunes ; il battait distincte-
ment, tantôt plus vibrant, tantôt affaibli,
arrêtant, puis reprenant son roulement fantastique.

Les Arabes, épouvantés, se regardaient ; et
l'un dit, en sa langue : « La mort est sur nous. »
Et voilà que tout à coup mon compagnon, mon
ami, presque mon frère, tomba de cheval, la
tête en avant, foudroyé par une insolation.

Et pendant deux heures, pendant que j'es-
sayais en vain de le sauver, toujours ce
tambour insaisissable m'emplissait l'oreille de
son bruit monotone, intermittent et incompré-
hensible ; et je sentais se glisser dans mes os la
peur, la vraie peur, la hideuse peur, en face de
ce cadavre aimé, dans ce trou incendié par le
soleil entre quatre monts de sable, tandis que

l'écho inconnu nous jetait, à deux cents lieues de tout village français, le battement rapide du tambour.

Ce jour-là, je compris ce que c'était que d'avoir peur ; je l'ai su mieux encore une autre fois...

Le commandant interrompit le conteur :

— Pardon, Monsieur, mais ce tambour ? Qu'était-ce ?

Le voyageur répondit :

— Je n'en sais rien. Personne ne sait. Les officiers, surpris souvent par ce bruit singulier, l'attribuent généralement à l'écho grossi, multiplié, démesurément enflé par les vallonnements des dunes, d'une grêle de grains de sable emportés dans le vent et heurtant une touffe d'herbes sèches ; car on a toujours remarqué que le phénomène se produit dans le voisinage de petites plantes brûlées par le soleil, et dures comme du parchemin.

Ce tambour ne serait donc qu'une sorte de mirage du son. Voilà tout. Mais je n'appris cela que plus tard.

J'arrive à ma seconde émotion.

C'était l'hiver dernier, dans une forêt du nord-est de la France. La nuit vint deux heures plus tôt, tant le ciel était sombre. J'avais pour guide un paysan qui marchait à mon côté, par un tout petit chemin, sous une voûte de sapins dont le vent déchaîné tirait des hurlements.

Entre les cimes, je voyais courir des nuages en déroute, des nuages éperdus qui semblaient fuir devant une épouvante. Parfois, sous une immense rafale, toute la forêt s'inclinait dans le même sens avec un gémissement de souffrance ; et le froid m'envahissait, malgré mon pas rapide et mon lourd vêtement.

Nous devions souper et coucher chez un garde forestier dont la maison n'était plus éloignée de nous. J'allais là pour chasser.

Mon guide, parfois, levait les yeux et murmurait : « Triste temps ! » Puis il me parla des gens chez qui nous arrivions. Le père avait tué un braconnier deux ans auparavant, et, depuis ce temps, il semblait sombre, comme hanté d'un souvenir. Ses deux fils, mariés, vivaient avec lui.

Les ténèbres étaient profondes. Je ne voyais rien devant moi, ni autour de moi, et toute la branchure des arbres entrechoqués emplissait la nuit d'une rumeur incessante. Enfin, j'aperçus une lumière, et bientôt mon compagnon heurtait une porte. Des cris aigus de femmes nous répondirent. Puis, une voix d'homme, une voix étranglée, demanda : « Qui va là ? » Mon guide se nomma. Nous entrâmes. Ce fut un inoubliable tableau.

Un vieux homme à cheveux blancs, à l'œil fou, le fusil chargé dans la main, nous attendait debout au milieu de la cuisine, tandis que deux grands gaillards, armés de haches, gardaient la porte. Je distinguai dans les coins sombres deux femmes à genoux, le visage caché contre le mur.

On s'expliqua. Le vieux remit son arme contre le mur et ordonna de préparer ma chambre ; puis, comme les femmes ne bougeaient point, il me dit brusquement :

— Voyez-vous, monsieur, j'ai tué un homme, voilà deux ans, cette nuit. L'autre année, il est revenu m'appeler. Je l'attends encore ce soir.

Puis il ajouta d'un ton qui me fit sourire :

— Aussi, nous ne sommes pas tranquilles.

Je le rassurai comme je pus, heureux d'être venu justement ce soir-là, et d'assister au spectacle de cette terreur superstitieuse. Je racontai des histoires, et je parvins à calmer à peu près tout le monde.

Près du foyer, un vieux chien, presque aveugle et moustachu, un de ces chiens qui ressemblent à des gens qu'on connaît, dormait le nez dans ses pattes.

Au-dehors, la tempête acharnée battait la petite maison, et, par un étroit carreau, une sorte de judas placé près de la porte, je voyais soudain tout un fouillis d'arbres bousculés par le vent à la lueur de grands éclairs.

Malgré mes efforts, je sentais bien qu'une terreur profonde tenait ces gens, et chaque fois que je cessais de parler, toutes les oreilles écoutaient au loin. Las d'assister à ces craintes imbéciles, j'allais demander à me coucher, quand le vieux garde tout à coup fit un bond de sa chaise, saisit de nouveau son fusil, en bégayant d'une voix égarée : « Le voilà ! le voilà ! Je l'entends ! » Les deux femmes retombèrent à genoux dans leurs coins en se cachant le visage ; et les fils reprirent leurs haches. J'allais tenter encore de les apaiser, quand le chien endormi s'éveilla brusquement et, levant sa tête, tendant le cou, regardant vers le feu de son œil presque éteint, il poussa un de ces lugubres hurlements qui font tressaillir les voyageurs, le soir, dans la campagne. Tous les yeux se portèrent sur lui, il restait maintenant immobile, dressé sur ses pattes comme hanté d'une vision, et il se remit à hurler vers quelque chose d'invisible, d'inconnu, d'affreux sans doute, car tout son poil se hérissait. Le garde, livide, cria : « Il le sent ! il le sent ! il était là quand je l'ai tué. » Et les femmes égarées se mirent, toutes les deux, à hurler avec le chien.

Malgré moi, un grand frisson me courut entre les épaules. Cette vision de l'animal dans ce lieu, à cette heure, au milieu de ces gens éperdus, était effrayante à voir.

Alors, pendant une heure, le chien hurla sans bouger ; il hurla comme dans l'angoisse d'un rêve ; et la peur, l'épouvantable peur entrait en moi ; la peur de quoi ? Le sais-je ? C'était la peur, voilà tout.

Nous restions immobiles, livides, dans l'attente d'un événement affreux, l'oreille tendue, le cœur battant, bouleversés au moindre bruit. Et le chien se mit à tourner autour de la pièce, en sentant les murs et gémissant toujours. Cette bête nous rendait fous ! Alors, le paysan qui m'avait amené se jeta sur elle, dans une sorte de paroxysme de terreur furieuse, et, ouvrant une porte donnant sur une petite cour jeta l'animal dehors.

Il se tut aussitôt ; et nous restâmes plongés dans un silence plus terrifiant encore. Et soudain, tous ensemble, nous eûmes une sorte de sursaut : un être glissait contre le mur du dehors vers la forêt ; puis il passa contre la porte, qu'il sembla tâter, d'une main hésitante ; puis on n'entendit plus rien pendant deux minutes qui firent de nous des insensés ; puis il revint, frôlant toujours la muraille ; et il gratta légèrement, comme ferait un enfant avec son ongle ; puis soudain une tête apparut contre la vitre du judas, une tête blanche avec des yeux lumineux comme ceux des fauves. Et un son sortit de sa bouche, un son indistinct, un murmure plaintif.

Alors un bruit formidable éclata dans la cuisine. Le vieux garde avait tiré. Et aussitôt les fils se précipitèrent, bouchèrent le judas en dressant la grande table qu'ils assujettirent avec le buffet.

Et je vous jure qu'au fracas du coup de fusil que je n'attendais point, j'eus une telle angoisse du cœur, de l'âme et du corps, que je me sentis défaillir, prêt à mourir de peur.

Nous restâmes là jusqu'à l'aurore, incapables de bouger, de dire un mot, crispés dans un affolement indicible.

On n'osa débarricader la sortie qu'en apercevant, par la fente d'un auvent, un mince rayon de jour.

Au pied du mur, contre la porte, le vieux chien gisait, la gueule brisée d'une balle.

Il était sorti de la cour en creusant un trou sous une palissade.

L'homme au visage brun se tut ; puis il ajouta :

— Cette nuit-là pourtant, je ne courus aucun danger ; mais j'aimerais mieux recommencer toutes les heures où j'ai affronté les plus terribles périls, que la seule minute du coup de fusil sur la tête barbue du judas.

FARCE NORMANDE [1]

À A. de Joinville [2].

La procession se déroulait dans le chemin creux ombragé par les grands arbres poussés sur les talus des fermes. Les jeunes mariés venaient d'abord, puis les parents, puis les invités, puis les pauvres du pays, et les gamins qui tournaient autour du défilé, comme des mouches, passaient entre les rangs, grimpaient aux branches pour mieux voir.

Le marié était un beau gars, Jean Patu, le plus riche fermier du pays. C'était, avant tout,

1. Paru, signé Maufrigneuse, dans *Gil Blas* du 8 août 1882.
2. Un des camarades de Maupassant dans ses parties de canotage à Chatou. Juliette Adam fit de lui un inspecteur à la Compagnie des chemins de fer de l'Est. Ce devait être un joyeux luron, si l'on en juge par le ton de la nouvelle et par le fait, rapporté par Louis Forestier, qu'il jouait le rôle du tenancier dans *À la feuille de rose. Maison turque*, cette pièce fort libre que Maupassant fit représenter en 1875 devant un public d'amis, dont Flaubert et Tourgueniev.

un chasseur frénétique qui perdait le bon sens à satisfaire cette passion, et dépensait de l'argent gros comme lui pour ses chiens, ses gardes, ses furets et ses fusils.

La mariée, Rosalie Roussel, avait été fort courtisée par tous les partis des environs, car on la trouvait avenante, et on la savait bien dotée ; mais elle avait choisi Patu, peut-être parce qu'il lui plaisait mieux que les autres, mais plutôt encore, en Normande réfléchie, parce qu'il avait plus d'écus.

Lorsqu'ils tournèrent la grande barrière de la ferme maritale, quarante coups de fusil éclatèrent sans qu'on vît les tireurs cachés dans les fossés. À ce bruit, une grosse gaieté saisit les hommes qui gigotaient lourdement en leurs habits de fête ; et Patu, quittant sa femme, sauta sur un valet qu'il apercevait derrière un arbre, empoigna son arme, et lâcha lui-même un coup de feu en gambadant comme un poulain.

Puis on se remit en route sous les pommiers déjà lourds de fruits, à travers l'herbe haute, au milieu des veaux qui regardaient de leurs gros yeux, se levaient lentement et restaient debout, le mufle tendu vers la noce.

Les hommes redevenaient graves en approchant du repas. Les uns, les riches, étaient coiffés de hauts chapeaux de soie luisants, qui semblaient dépaysés en ce lieu ; les autres portaient d'anciens couvre-chefs à poils longs, qu'on aurait dit en peau de taupe ; les plus humbles étaient couronnés de casquettes.

Toutes les femmes avaient des châles lâchés dans le dos, et dont elles tenaient les bouts sur leurs bras avec cérémonie. Ils étaient rouges, bigarrés, flamboyants, ces châles ; et leur éclat semblait étonner les poules noires sur le fumier, les canards au bord de la mare, et les pigeons sur les toits de chaume.

Tout le vert de la campagne, le vert de l'herbe et des arbres, semblait exaspéré au contact de cette pourpre ardente et les deux couleurs ainsi voisines devenaient aveuglantes sous le feu du soleil de midi.

La grande ferme paraissait attendre là-bas, au bout de la voûte des pommiers. Une sorte de fumée sortait de la porte et des fenêtres ouvertes, et une odeur épaisse de mangeaille s'exhalait du vaste bâtiment, de toutes ses ouvertures, des murs eux-mêmes.

Comme un serpent, la suite des invités s'allongeait à travers la cour. Les premiers, atteignant la maison, brisaient la chaîne, s'éparpillaient, tandis que là-bas il en entrait toujours par la barrière ouverte. Les fossés maintenant étaient garnis de gamins et de pauvres curieux ; et les coups de fusil ne cessaient pas, éclatant de tous les côtés à la fois, mêlant à l'air une buée de poudre et cette odeur qui grise comme de l'absinthe.

Devant la porte, les femmes tapaient sur leurs robes pour en faire tomber la poussière, dénouaient les oriflammes qui servaient de rubans à leurs chapeaux, défaisaient leurs châles et les posaient sur leurs bras, puis entraient dans la maison pour se débarrasser définitivement de ces ornements.

La table était mise dans la grande cuisine, qui pouvait contenir cent personnes.

On s'assit à deux heures. À huit heures on mangeait encore. Les hommes déboutonnés, en bras de chemise, la face rougie, engloutissaient comme des gouffres. Le cidre jaune luisait, joyeux, clair et doré, dans les grands verres, à côté du vin coloré, du vin sombre, couleur de sang.

Entre chaque plat on faisait un trou, le trou normand, avec un verre d'eau-de-vie qui jetait du feu dans les corps et de la folie dans les têtes.

De temps en temps, un convive plein comme une barrique, sortait jusqu'aux arbres prochains, se soulageait, puis rentrait avec une faim nouvelle aux dents.

Les fermières, écarlates, oppressées, les corsages tendus comme des ballons, coupées en deux par le corset, gonflées du haut et du bas, restaient à table par pudeur. Mais une d'elles, plus gênée, étant sortie, toutes alors se levèrent à la suite. Elles revenaient plus joyeuses, prêtes à rire. Et les lourdes plaisanteries commencèrent.

C'étaient des bordées d'obscénités lâchées à travers la table, et toutes sur la nuit nuptiale. L'arsenal de l'esprit paysan fut vidé. Depuis cent ans, les mêmes grivoiseries servaient aux mêmes occasions, et, bien que chacun les connût, elles portaient encore, faisaient partir en un rire retentissant les deux enfilées de convives.

Un vieux à cheveux gris appelait : « Les voyageurs pour Mézidon en voiture. » Et c'étaient des hurlements de gaieté.

Tout au bout de la table, quatre gars, des voisins, préparaient des farces aux mariés, et ils semblaient en tenir une bonne, tant ils trépignaient en chuchotant.

L'un d'eux, soudain, profitant d'un moment de calme, cria :

— C'est les braconniers qui vont s'en donner c'te nuit, avec la lune qu'y a !... Dis donc, Jean, c'est pas c'te lune-là qu' tu guetteras, toi ?

Le marié, brusquement, se tourna :

— Qu'i z'y viennent, les braconniers !

Mais l'autre se mit à rire :

— Ah ! i peuvent y venir ; tu quitteras pas ta besogne pour ça !

Toute la tablée fut secouée par la joie. Le sol en trembla, les verres vibrèrent.

Mais le marié, à l'idée qu'on pouvait profiter de sa noce pour braconner chez lui, devint furieux :

— J' te dis qu' ça : qu'i z'y viennent !

Alors ce fut une pluie de polissonneries à double sens qui faisaient un peu rougir la mariée, toute frémissante d'attente.

Puis, quand on eut bu des barils d'eau-de-vie, chacun partit se coucher ; et les jeunes époux entrèrent en leur chambre, située au rez-de-chaussée, comme toutes les chambres de ferme ; et, comme il y faisait un peu chaud, ils ouvrirent la fenêtre et fermèrent l'auvent. Une petite lampe de mauvais goût, cadeau du père de la femme, brûlait sur la commode ; et le lit était prêt à recevoir le couple nouveau, qui ne mettait point à son premier embrassement tout le cérémonial des bourgeois dans les villes.

Déjà la jeune femme avait enlevé sa coiffure et sa robe, et elle demeurait en jupon, délaçant ses bottines, tandis que Jean achevait un cigare, en regardant de coin sa compagne.

Il la guettait d'un œil luisant, plus sensuel que tendre ; car il la désirait plutôt qu'il ne l'aimait ; et, soudain, d'un mouvement brusque, comme un homme qui va se mettre à l'ouvrage, il enleva son habit.

Elle avait défait ses bottines, et maintenant

elle retirait ses bas, puis elle lui dit, le tutoyant depuis l'enfance : « Va te cacher là-bas, derrière les rideaux, que j' me mette au lit. »

Il fit mine de refuser, puis il y alla d'un air sournois, et se dissimula, sauf la tête. Elle riait, voulait envelopper ses yeux, et ils jouaient d'une façon amoureuse et gaie, sans pudeur apprise et sans gêne.

Pour finir il céda ; alors, en une seconde, elle dénoua son dernier jupon, qui glissa le long de ses jambes, tomba autour de ses pieds et s'aplatit en rond par terre. Elle l'y laissa, l'enjamba, nue sous la chemise flottante et elle se glissa dans le lit, dont les ressorts chantèrent sous son poids.

Aussitôt il arriva, déchaussé lui-même, en pantalon, et il se courbait vers sa femme, cherchant ses lèvres qu'elle cachait dans l'oreiller, quand un coup de feu retentit au loin, dans la direction du bois des Râpées, lui sembla-t-il.

Il se redressa inquiet, le cœur crispé, et, courant à la fenêtre, il décrocha l'auvent.

La pleine lune baignait la cour d'une lumière jaune. L'ombre des pommiers faisait des taches sombres à leur pied ; et, au loin, la campagne, couverte de moissons mûres, luisait.

Comme Jean s'était penché au-dehors, épiant toutes les rumeurs de la nuit, deux bras nus vinrent se nouer sous son cou, et sa femme, le tirant en arrière, murmura : « Laisse donc, qu'est-ce que ça fait, viens-t'en. »

Il se retourna, la saisit, l'étreignit, la palpant sous la toile légère ; et, l'enlevant dans ses bras robustes, il l'emporta vers leur couche.

Au moment où il la posait sur le lit, qui plia sous le poids, une nouvelle détonation, plus proche celle-là, retentit.

Alors Jean, secoué d'une colère tumultueuse, jura : « Nom de D... ! ils croient que je ne sortirai pas à cause de toi ?... Attends, attends ! » Il se chaussa, décrocha son fusil toujours pendu à portée de sa main, et, comme sa femme se traînait à ses genoux et le suppliait, éperdue, il se dégagea vivement, courut à la fenêtre et sauta dans la cour.

Elle attendit une heure, deux heures, jusqu'au jour. Son mari ne rentra pas. Alors elle perdit la tête, appela, raconta la fureur de Jean et sa course après les braconniers.

Aussitôt les valets, les charretiers, les gars partirent à la recherche du maître.

On le retrouva à deux lieues de la ferme, ficelé des pieds à la tête, à moitié mort de fureur, son fusil tordu, sa culotte à l'envers, avec trois lièvres trépassés autour du cou et une pancarte sur la poitrine :

« Qui va à la chasse, perd sa place. »

Et, plus tard, quand il racontait cette nuit d'épousailles, il ajoutait : « Oh ! pour une farce ! c'était une bonne farce. Ils m'ont pris dans un collet comme un lapin, les salauds, et ils m'ont caché la tête dans un sac. Mais si je les tâte un jour, gare à eux ! »

Et voilà comment on s'amuse, les jours de noce, au pays normand.

LES SABOTS [1]

À Léon Fontaine [2].

Le vieux curé bredouillait les derniers mots de son sermon au-dessus des bonnets blancs des paysannes et des cheveux rudes ou pommadés des paysans. Les grands paniers des fermières venues de loin pour la messe étaient posés à terre à côté d'elles ; et la lourde chaleur d'un jour de juillet dégageait de tout le monde

1. Paru, signé Maufrigneuse, dans *Gil Blas* du 21 janvier 1883. Cette première version du conte comportait un préambule où Maupassant en faisait l'hommage à une femme dont les petits souliers placés devant la porte d'une chambre d'hôtel à côté de ceux de son mari l'avaient fait vivement souffrir. « Et ce fut la plus brutale de mes douleurs d'amour... Ce souvenir cuisant vient de me retomber sur le cœur tout à l'heure au moment de conter une petite histoire de paysans dont le sujet touche, par les pieds, à cette aventure de là-bas... » (voir Bibliothèque de la Pléiade, I, p. 1505).
2. Comme Joinville, Léon Fontaine était un camarade canotier et joua un rôle dans *À la feuille de rose*. Le ton du conte est d'ailleurs identique à celui de *Farce normande*.

une odeur de bétail, un fumet de troupeau. Les voix des coqs entraient par la grande porte ouverte, et aussi les meuglements des vaches couchées dans un champ voisin. Parfois un souffle d'air chargé d'arômes des champs s'engouffrait sous le portail et, en soulevant sur son passage les longs rubans des coiffures, il allait faire vaciller sur l'autel les petites flammes jaunes au bout des cierges... « Comme le désire le bon Dieu. Ainsi soit-il ! » prononçait le prêtre. Puis il se tut, ouvrit un livre et se mit, comme chaque semaine, à recommander à ses ouailles les petites affaires intimes de la commune. C'était un vieux homme à cheveux blancs qui administrait la paroisse depuis bientôt quarante ans, et le prône lui servait pour communiquer familièrement avec tout son monde.

Il reprit : « Je recommande à vos prières Désiré Vallin, qu'est bien malade et aussi la Paumelle qui ne se remet pas vite de ses couches. »

Il ne savait plus ; il cherchait les bouts de papier posés dans un bréviaire. Il en retrouva deux enfin, et continua : « Il ne faut pas que les garçons et les filles viennent comme ça, le soir, dans le cimetière, ou bien je préviendrai le garde champêtre. — M. Césaire Omont voudrait bien trouver une jeune fille honnête comme servante. » Il réfléchit encore quelques secondes, puis ajouta : « C'est tout, mes frères, c'est la grâce que je vous souhaite au nom du Père, et du Fils, et du Saint-Esprit. »

Et il descendit de la chaire pour terminer sa messe.

Quand les Malandain furent rentrés dans leur chaumière, la dernière du hameau de la Sablière, sur la route de Fourville[1], le père, un vieux petit paysan sec et ridé, s'assit devant la table, pendant que sa femme décrochait la marmite et que sa fille Adélaïde prenait dans le buffet les verres et les assiettes, et il dit : « Ça s'rait p't-être bon, c'te place chez maît' Omont, vu que le v'là veuf, que sa bru l'aime pas, qu'il est seul et qu'il a d' quoi. J' ferions p't-être ben d'y envoyer Adélaïde. »

La femme posa sur la table la marmite toute noire, enleva le couvercle, et, pendant que montait au plafond une vapeur de soupe pleine d'une odeur de choux, elle réfléchit.

L'homme reprit : « Il a d' quoi, pour sûr. Mais qu'il faudrait être dégourdi et qu'Adélaïde l'est pas un brin. »

La femme alors articula : « J' pourrions voir tout d' même. » Puis, se tournant vers sa fille, une gaillarde à l'air niais, aux cheveux jaunes,

---

1. Louis Forestier n'a pas trouvé de Fourville sur les cartes. Nous non plus, mais le nom est plus normand que nature.

aux grosses joues rouges comme la peau des pommes, elle cria : « T' entends, grande bête. T' iras chez maît' Omont t' proposer comme servante, et tu f'ras tout c' qu'il te commandera. »

La fille se mit à rire sottement sans répondre. Puis tous trois commencèrent à manger.

Au bout de dix minutes, le père reprit : « Écoute un mot, la fille, et tâche d' n' point te mettre en défaut sur ce que j' vas te dire... »

Et il lui traça en termes lents et minutieux toute une règle de conduite, prévoyant les moindres détails, la préparant à cette conquête d'un vieux veuf mal avec sa famille.

La mère avait cessé de manger pour écouter, et elle demeurait, la fourchette à la main, les yeux sur son homme et sur sa fille tour à tour, suivant cette instruction avec une attention concentrée et muette.

Adélaïde restait inerte, le regard errant et vague, docile et stupide.

Dès que le repas fut terminé, la mère lui fit mettre son bonnet, et elles partirent toutes deux pour aller trouver M. Césaire Omont. Il habitait une sorte de petit pavillon de briques, adossé aux bâtiments d'exploitation qu'occupaient ses fermiers. Car il s'était retiré du faire-valoir, pour vivre de ses rentes.

Il avait environ cinquante-cinq ans ; il était gros, jovial et bourru comme un homme riche.

Il riait et criait à faire tomber les murs, buvait du cidre et de l'eau-de-vie à pleins verres, et passait encore pour chaud, malgré son âge.

Il aimait à se promener dans les champs, les mains derrière le dos, enfonçant ses sabots de bois dans la terre grasse, considérant la levée du blé ou la floraison des colzas d'un œil d'amateur à son aise, qui aime ça, mais qui ne se la foule plus.

On disait de lui : « C'est un père Bon-Temps, qui n'est pas bien levé tous les jours. »

Il reçut les deux femmes, le ventre à table, achevant son café. Et, se renversant, il demanda :

— Qu'est-ce que vous désirez ?

La mère prit la parole :

— C'est not' fille Adélaïde que j' viens vous proposer pour servante, vu c' qu'a dit çu matin monsieur le curé.

Maître Omont considéra la fille, puis, brusquement : — Quel âge qu'elle a, c'te grande bique-là ?

— Vingt-un ans à la Saint-Michel, monsieur Omont.

— C'est bien ; all' aura quinze francs par mois et l' fricot. J' l'attends d'main, pour faire ma soupe du matin.

Et il congédia les deux femmes.

Adélaïde entra en fonctions le lendemain et

se mit à travailler dur, sans dire un mot, comme elle faisait chez ses parents.

Vers neuf heures, comme elle nettoyait les carreaux de la cuisine, M. Omont la héla.

— Adélaïde !

Elle accourut. — Me v'là, not' maître.

Dès qu'elle fut en face de lui, les mains rouges et abandonnées, l'œil troublé, il déclara :
— Écoute un peu, qu'il n'y ait pas d'erreur entre nous. T'es ma servante, mais rien de plus. T'entends. Nous ne mêlerons point nos sabots.

— Oui, not' maître.

— Chacun sa place, ma fille, t'as ta cuisine ; j'ai ma salle. À part ça, tout sera pour té comme pour mé. C'est convenu ?

— Oui, not' maître.

— Allons, c'est bien, va à ton ouvrage.

Et elle alla reprendre sa besogne.

À midi, elle servit le dîner du maître dans sa petite salle à papier peint, puis, quand la soupe fut sur la table, elle alla prévenir M. Omont.

— C'est servi, not' maître.

Il entra, s'assit, regarda autour de lui, déplia sa serviette, hésita une seconde, puis, d'une voix de tonnerre :

— Adélaïde !

Elle arriva, effarée. Il cria comme s'il allait la massacrer. — Eh bien, nom de D... et té, oùsqu'est ta place ?

— Mais... not' maître...

Il hurlait : — J'aime pas manger tout seul, nom de D... ; tu vas te mett' là ou bien foutre le camp si tu n' veux pas. Va chercher t'n'assiette et ton verre.

Épouvantée, elle apporta son couvert en balbutiant : — Me v'là, not' maître.

Et elle s'assit en face de lui.

Alors il devint jovial ; il trinquait, tapait sur la table, racontait des histoires qu'elle écoutait les yeux baissés, sans oser prononcer un mot.

De temps en temps elle se levait pour aller chercher du pain, du cidre, des assiettes.

En apportant le café, elle ne déposa qu'une tasse devant lui ; alors, repris de colère, il grogna :

— Eh bien, et pour té ?

— J' n'en prends point, not' maître.

— Pourquoi que tu n'en prends point ?

— Parce que je l'aime point.

Alors il éclata de nouveau : — J'aime pas prend' mon café tout seul, nom de D... Si tu n' veux pas t' mett' à en prendre itou, tu vas foutre le camp, nom de D... Va chercher une tasse et plus vite que ça.

Elle alla chercher une tasse, se rassit, goûta la noire liqueur, fit la grimace, mais, sous l'œil furieux du maître, avala jusqu'au bout. Puis il lui fallut boire le premier verre d'eau-de-vie de la rincette, le second du pousse-rincette, et le troisième du coup-de-pied-au-cul.

Et M. Omont la congédia. — Va laver ta vaisselle maintenant, t'es une bonne fille.

Il en fut de même au dîner. Puis elle dut faire sa partie de dominos ; puis il l'envoya se mettre au lit.

— Va te coucher, je monterai tout à l'heure.

Et elle gagna sa chambre, une mansarde sous le toit. Elle fit sa prière, se dévêtit et se glissa dans ses draps.

Mais soudain elle bondit, effarée. Un cri furieux faisait trembler la maison.

— Adélaïde ?

Elle ouvrit sa porte et répondit de son grenier :

— Me v'là, not' maître.

— Oùsque t'es ?

— Mais j' suis dans mon lit, donc, not' maître.

Alors il vociféra : — Veux-tu bien descendre, nom de D... J'aime pas coucher tout seul, nom de D..., et si tu n' veux point, tu vas me foutre le camp, nom de D...

Alors, elle répondit d'en haut, éperdue, cherchant sa chandelle :

— Me v'là, not' maître !

Et il entendit ses petits sabots découverts battre le sapin de l'escalier ; et, quand elle fut arrivée aux dernières marches, il la prit par le bras, et dès qu'elle eut laissé devant la porte ses étroites chaussures de bois à côté des grosses galoches du maître, il la poussa dans sa chambre en grognant :

— Plus vite que ça, donc, nom de D... !

Et elle répétait sans cesse, ne sachant plus ce qu'elle disait :

— Me v'là, me v'là, not' maître.

Six mois après, comme elle allait voir ses parents, un dimanche, son père l'examina curieusement, puis demanda :

— T'es-ti point grosse ?

Elle restait stupide, regardant son ventre, répétant : — Mais non, je n' crois point.

Alors, il l'interrogea, voulant tout savoir :

— Dis-mé si vous n'avez point, quéque soir, mêlé vos sabots ?

— Oui, je les ons mêlés l' premier soir et puis l's autres.

— Mais alors t'es pleine, grande futaille.

Elle se mit à sangloter, balbutiant : — J' savais ti, mé ? J' savais ti, mé ?

Le père Malandain la guettait, l'œil éveillé, la mine satisfaite. Il demanda :

— Quéque tu ne savais point ?

Elle prononça, à travers ses pleurs : — J' savais ti, mé, que ça se faisait comme ça, d's'éfants !

Sa mère rentrait. L'homme articula, sans colère : — La v'là grosse, à c't' heure.

Mais la femme se fâcha, révoltée d'instinct, injuriant à pleine gueule sa fille en larmes, la traitant de « manante » et de « traînée ».

Alors le vieux la fit taire. Et comme il prenait sa casquette pour aller causer de leurs affaires avec maît' Césaire Omont, il déclara :

« All' est tout d' même encore pu sotte que j'aurais cru. All' n' savait point c' qu'all' faisait, c'te niente[1]. »

Au prône du dimanche suivant, le vieux curé publiait les bans de M. Onufre-Césaire Omont avec Céleste-Adélaïde Malandain.

---

1. Une idiote, une rien du tout, le féminin de « niant » en dialecte normand.

LA REMPAILLEUSE [1]

À Léon Hennique[2].

C'était à la fin du dîner d'ouverture de chasse chez le marquis de Bertrans. Onze chasseurs, huit jeunes femmes et le médecin du pays étaient assis autour de la grande table illuminée, couverte de fruits et de fleurs.

On vint à parler d'amour, et une grande discussion s'éleva, l'éternelle discussion, pour savoir si on pouvait aimer vraiment une fois ou plusieurs fois. On cita des exemples de gens n'ayant jamais eu qu'un amour sérieux ; on cita aussi d'autres exemples de gens ayant aimé souvent, avec violence. Les hommes, en

1. Paru dans *Le Gaulois* du 17 septembre 1882.
2. Léon Hennique (1851-1935), romancier et auteur dramatique, fut l'un des auteurs des *Soirées de Médan* et l'une des fortes personnalités du naturalisme. Si l'on compare le ton de ce conte, particulièrement cruel, à la jovialité des deux précédents, on voit que Maupassant choisissait avec soin les dédicataires de ses œuvres.

général, prétendaient que la passion, comme les maladies, peut frapper plusieurs fois le même être, et le frapper à le tuer si quelque obstacle se dresse devant lui. Bien que cette manière de voir ne fût pas contestable, les femmes, dont l'opinion s'appuyait sur la poésie bien plus que sur l'observation, affirmaient que l'amour, l'amour vrai, le grand amour, ne pouvait tomber qu'une fois sur un mortel, qu'il était semblable à la foudre, cet amour, et qu'un cœur touché par lui demeurait ensuite tellement vidé, ravagé, incendié, qu'aucun autre sentiment puissant, même aucun rêve, n'y pouvait germer de nouveau.

Le marquis ayant aimé beaucoup, combattait vivement cette croyance :

— Je vous dis, moi, qu'on peut aimer plusieurs fois avec toutes ses forces et toute son âme. Vous me citez des gens qui se sont tués par amour, comme preuve de l'impossibilité d'une seconde passion. Je vous répondrai que, s'ils n'avaient pas commis cette bêtise de se suicider, ce qui leur enlevait toute chance de rechute, ils se seraient guéris ; et ils auraient recommencé, et toujours, jusqu'à leur mort naturelle. Il en est des amoureux comme des ivrognes. Qui a bu boira — qui a aimé aimera. C'est une affaire de tempérament, cela.

On prit pour arbitre le docteur, vieux méde-

cin parisien retiré aux champs, et on le pria de
donner son avis.

Justement il n'en avait pas :

— Comme l'a dit le marquis, c'est une
affaire de tempérament ; quant à moi, j'ai eu
connaissance d'une passion qui dura
cinquante-cinq ans sans un jour de répit, et qui
ne se termina que par la mort.

La marquise battit des mains.

— Est-ce beau cela ! Et quel rêve d'être
aimé ainsi ! Quel bonheur de vivre cinquante-
cinq ans tout enveloppé de cette affection
acharnée et pénétrante ! Comme il a dû être
heureux et bénir la vie, celui qu'on adora de la
sorte !

Le médecin sourit :

— En effet, madame, vous ne vous trompez
pas sur ce point, que l'être aimé fut un homme.
Vous le connaissez, c'est M. Chouquet, le
pharmacien du bourg. Quant à elle, la femme,
vous l'avez connue aussi, c'est la vieille rempailleuse de chaises qui venait tous les ans au
château. Mais je vais me faire mieux comprendre.

L'enthousiasme des femmes était tombé ; et
leur visage dégoûté disait : « Pouah ! », comme
si l'amour n'eût dû frapper que des êtres fins
et distingués, seuls dignes de l'intérêt des gens
comme il faut.

Le médecin reprit :

— J'ai été appelé, il y a trois mois, auprès de cette vieille femme, à son lit de mort. Elle était arrivée, la veille, dans la voiture qui lui servait de maison, traînée par la rosse que vous avez vue, et accompagnée de ses deux grands chiens noirs, ses amis et ses gardiens. Le curé était déjà là. Elle nous fit ses exécuteurs testamentaires, et, pour nous dévoiler le sens de ses volontés dernières, elle nous raconta toute sa vie. Je ne sais rien de plus singulier et de plus poignant.

Son père était rempailleur et sa mère rempailleuse. Elle n'a jamais eu de logis planté en terre.

Toute petite, elle errait, haillonneuse, vermineuse, sordide. On s'arrêtait à l'entrée des villages, le long des fossés ; on dételait la voiture ; le cheval broutait ; le chien dormait, le museau sur ses pattes ; et la petite se roulait dans l'herbe pendant que le père et la mère rafistolaient, à l'ombre des ormes du chemin, tous les vieux sièges de la commune. On ne parlait guère, dans cette demeure ambulante. Après les quelques mots nécessaires pour décider qui ferait le tour des maisons en poussant le cri bien connu : « Remmmpailleur de chaises ! » on se mettait à tortiller la paille, face à face ou côte à côte. Quand l'enfant allait trop loin ou tentait d'entrer en relations avec quelque galopin du village, la voix colère du père la rappelait : « Veux-tu bien revenir ici, crapule ! » C'étaient les seuls mots de tendresse qu'elle entendait.

Quand elle devint plus grande, on l'envoya faire la récolte des fonds de siège avariés. Alors elle ébaucha quelques connaissances de place en place avec les gamins ; mais c'étaient alors les parents de ses nouveaux amis qui rappelaient brutalement leurs enfants : « Veux-tu bien venir ici, polisson ! Que je te voie causer avec les va-nu-pieds !... »

Souvent les petits gars lui jetaient des pierres.

Des dames lui ayant donné quelques sous, elle les garda soigneusement.

Un jour — elle avait alors onze ans — comme elle passait par ce pays, elle rencontra derrière le cimetière le petit Chouquet qui pleurait parce qu'un camarade lui avait volé deux liards. Ces larmes d'un petit bourgeois, d'un de ces petits qu'elle s'imaginait, dans sa frêle caboche de déshéritée, être toujours contents et joyeux, la bouleversèrent. Elle s'approcha, et, quand elle connut la raison de sa peine, elle versa entre ses mains toutes ses économies, sept sous, qu'il prit naturellement, en s'essuyant ses larmes. Alors, folle de joie, elle eut l'audace de l'embrasser. Comme il considérait attentivement sa monnaie, il se laissa faire. Ne se voyant ni repoussée, ni battue, elle recommença ; elle l'embrassa à pleins bras, à plein cœur. Puis elle se sauva.

Que se passa-t-il dans cette misérable tête ? S'est-elle attachée à ce mioche parce qu'elle lui avait sacrifié sa fortune de vagabonde, ou parce qu'elle lui avait donné son premier baiser tendre ? Le mystère est le même pour les petits que pour les grands.

Pendant des mois, elle rêva de ce coin de cimetière et de ce gamin. Dans l'espérance de le revoir, elle vola ses parents, grappillant un sou par-ci, un sou par-là, sur un rempaillage, ou sur les provisions qu'elle allait acheter.

Quand elle revint, elle avait deux francs dans sa poche, mais elle ne put qu'apercevoir le petit pharmacien, bien propre, derrière les carreaux de la boutique paternelle, entre un bocal rouge et un ténia.

Elle ne l'en aima que davantage, séduite, émue, extasiée par cette gloire de l'eau colorée, cette apothéose des cristaux luisants.

Elle garda en elle son souvenir ineffaçable, et, quand elle le rencontra, l'an suivant, derrière l'école, jouant aux billes avec ses camarades, elle se jeta sur lui, le saisit dans ses bras, et le baisa avec tant de violence qu'il se mit à hurler de peur. Alors, pour l'apaiser, elle lui

donna son argent : trois francs vingt, un vrai
trésor, qu'il regardait avec des yeux agrandis.

Il le prit et se laissa caresser tant qu'elle
voulut.

Pendant quatre ans encore, elle versa entre
ses mains toutes ses réserves, qu'il empochait
avec conscience en échange de baisers consen-
tis. Ce fut une fois trente sous, une fois deux
francs, une fois douze sous (elle en pleura de
peine et d'humiliation, mais l'année avait été
mauvaise), et la dernière fois, cinq francs, une
grosse pièce ronde, qui le fit rire d'un rire
content.

Elle ne pensait plus qu'à lui ; et il attendait
son retour avec une certaine impatience, courait au-devant d'elle en la voyant, ce qui faisait
bondir le cœur de la fillette.

Puis il disparut. On l'avait mis au collège.
Elle le sut en interrogeant habilement. Alors
elle usa d'une diplomatie infinie pour changer
l'itinéraire de ses parents et les faire passer par
ici au moment des vacances. Elle y réussit,
mais après un an de ruses. Elle était donc restée
deux ans sans le revoir ; et elle le reconnut à
peine, tant il était changé, grandi, embelli,
imposant dans sa tunique à boutons d'or. Il fei-
gnit de ne pas la voir et passa fièrement près
d'elle.

Elle en pleura pendant deux jours ; et depuis
lors elle souffrit sans fin.

Tous les ans elle revenait ; passait devant lui sans oser le saluer et sans qu'il daignât même tourner les yeux vers elle. Elle l'aimait éperdument. Elle me dit : « C'est le seul homme que j'aie vu sur la terre, monsieur le médecin ; je ne sais pas si les autres existaient seulement. »

Ses parents moururent. Elle continua leur métier, mais elle prit deux chiens au lieu d'un, deux terribles chiens qu'on n'aurait pas osé braver.

Un jour, en rentrant dans ce village où son cœur était resté, elle aperçut une jeune femme qui sortait de la boutique Chouquet au bras de son bien-aimé. C'était sa femme. Il était marié.

Le soir même, elle se jeta dans la mare qui est sur la place de la Mairie. Un ivrogne attardé la repêcha, et la porta à la pharmacie. Le fils Chouquet descendit en robe de chambre, pour la soigner, et, sans paraître la reconnaître, la déshabilla, la frictionna, puis il lui dit d'une voix dure : « Mais vous êtes folle ! Il ne faut pas être bête comme ça ! »

Cela suffit pour la guérir. Il lui avait parlé ! Elle était heureuse pour longtemps.

Il ne voulut rien recevoir en rémunération de ses soins, bien qu'elle insistât vivement pour le payer.

Et toute sa vie s'écoula ainsi. Elle rempaillait en songeant à Chouquet. Tous les ans, elle l'apercevait derrière ses vitraux. Elle prit l'habitude d'acheter chez lui des provisions de menus médicaments. De la sorte elle le voyait de près, et lui parlait, et lui donnait encore de l'argent.

Comme je vous l'ai dit en commençant, elle est morte ce printemps. Après m'avoir raconté toute cette triste histoire, elle me pria de remettre à celui qu'elle avait si patiemment aimé toutes les économies de son existence, car elle n'avait travaillé que pour lui, disait-elle, jeûnant même pour mettre de côté, et être sûre qu'il penserait à elle, au moins une fois, quand elle serait morte.

Elle me donna donc deux mille trois cent vingt-sept francs[1]. Je laissai à M. le Curé les vingt-sept francs pour l'enterrement, et j'emportai le reste quand elle eut rendu le dernier soupir.

Le lendemain, je me rendis chez les Chouquet. Ils achevaient de déjeuner, en face l'un de l'autre, gros et rouges, fleurant les produits pharmaceutiques, importants et satisfaits.

On me fit asseoir ; on m'offrit un kirsch, que j'acceptai ; et je commençai mon discours d'une voix émue, persuadé qu'ils allaient pleurer.

Dès qu'il eut compris qu'il avait été aimé de

---

1. La somme n'est pas négligeable (et ne sera pas négligée par les affreux Chouquet).

cette vagabonde, de cette rempailleuse, de cette rouleuse, Chouquet bondit d'indignation, comme si elle lui avait volé sa réputation, l'estime des honnêtes gens, son honneur intime, quelque chose de délicat qui lui était plus cher que la vie.

Sa femme, aussi exaspérée que lui, répétait : « Cette gueuse ! cette gueuse ! cette gueuse !... » Sans pouvoir trouver autre chose.

Il s'était levé ; il marchait à grands pas derrière la table, le bonnet grec chaviré sur une oreille. Il balbutiait : « Comprend-on ça, docteur ? Voilà de ces choses horribles pour un homme ! Que faire ? Oh ! si je l'avais su de son vivant, je l'aurais fait arrêter par la gendarmerie et flanquer en prison. Et elle n'en serait pas sortie, je vous en réponds ! »

Je demeurais stupéfait du résultat de ma démarche pieuse. Je ne savais que dire ni que faire. Mais j'avais à compléter ma mission. Je repris : « Elle m'a chargé de vous remettre ses économies, qui montent à deux mille trois cents francs. Comme ce que je viens de vous apprendre semble vous être fort désagréable, le mieux serait peut-être de donner cet argent aux pauvres. »

Ils me regardaient, l'homme et la femme, perclus de saisissement.

Je tirai l'argent de ma poche, du misérable

argent de tous les pays et de toutes les marques, de l'or et des sous mêlés. Puis je demandai : « Que décidez-vous ? »

Mme Chouquet parla la première : « Mais, puisque c'était sa dernière volonté, à cette femme... il me semble qu'il nous est bien difficile de refuser. »

Le mari, vaguement confus, reprit : « Nous pourrions toujours acheter avec ça quelque chose pour nos enfants. »

Je dis d'un air sec : « Comme vous voudrez. »

Il reprit : « Donnez toujours, puisqu'elle vous en a chargé ; nous trouverons bien moyen de l'employer à quelque bonne œuvre. »

Je remis l'argent, je saluai, et je partis.

Le lendemain Chouquet vint me trouver et, brusquement : « Mais elle a laissé ici sa voiture, cette... cette femme. Qu'est-ce que vous en faites, de cette voiture ?

— Rien, prenez-la si vous voulez.

— Parfait ; cela me va ; j'en ferai une cabane pour mon potager. »

Il s'en allait. Je le rappelai. « Elle a laissé aussi son vieux cheval et ses deux chiens. Les voulez-vous ? » Il s'arrêta, surpris : « Ah ! non, par exemple ; que voulez-vous que j'en fasse ? Disposez-en comme vous voudrez. » Et il riait.

Puis il me tendit sa main que je serrai. Que voulez-vous ? Il ne faut pas, dans un pays, que le médecin et le pharmacien soient ennemis.

J'ai gardé les chiens chez moi. Le curé, qui a une grande cour, a pris le cheval. La voiture sert de cabane à Chouquet, et il a acheté cinq obligations de chemin de fer avec l'argent.

Voilà le seul amour profond que j'aie rencontré, dans ma vie. »

Le médecin se tut.

Alors la marquise, qui avait des larmes dans les yeux, soupira : « Décidément, il n'y a que les femmes pour savoir aimer ! »

EN MER [1]

À Henry Céard [2].

On lisait dernièrement dans les journaux les lignes suivantes :

BOULOGNE-SUR-MER, 22 janvier. — On nous écrit :

« Un affreux malheur vient de jeter la consternation parmi notre population maritime déjà si éprouvée depuis deux années. Le bateau de pêche commandé par le patron Javel, entrant dans le port, a été jeté à l'Ouest et est venu se briser sur les roches du brise-lames de la jetée.

« Malgré les efforts du bateau de sauvetage

---

1. Paru, signé Maufrigneuse, dans *Gil Blas* du 12 février 1883.
2. Henry Céard (1851-1924) participa aux *Soirées de Médan*. Romancier, il adapta pour le théâtre *Renée Mauperin*, des Goncourt. Il a laissé quelques souvenirs sur Maupassant.

et des lignes envoyées au moyen du fusil porte-
amarre, quatre hommes et le mousse ont péri.

« Le mauvais temps continue. On craint de
nouveaux sinistres. »

Quel est ce patron Javel ? Est-il le frère du
manchot ?

Si le pauvre homme roulé par la vague, et
mort peut-être sous les débris de son bateau
mis en pièces, est celui auquel je pense, il avait
assisté, voici dix-huit ans maintenant, à un
autre drame, terrible et simple comme sont toujours ces drames formidables des flots.

Javel aîné était alors patron d'un chalutier.

Le chalutier est le bateau de pêche par excel-
lence. Solide à ne craindre aucun temps, le
ventre rond, roulé sans cesse par les lames
comme un bouchon, toujours dehors, toujours
fouetté par les vents durs et salés de la Manche,
il travaille la mer, infatigable, la voile gonflée,
traînant par le flanc un grand filet qui racle le
fond de l'Océan, et détache et cueille toutes les
bêtes endormies dans les roches, les poissons
plats collés au sable, les crabes lourds aux pattes crochues, les homards aux moustaches
pointues.

Quand la brise est fraîche et la vague courte,
le bateau se met à pêcher. Son filet est fixé tout
le long d'une grande tige de bois garnie de fer
qu'il laisse descendre au moyen de deux câbles

glissant sur deux rouleaux aux deux bouts de l'embarcation. Et le bateau, dérivant sous le vent et le courant, tire avec lui cet appareil qui ravage et dévaste le sol de la mer.

Javel avait à son bord son frère cadet, quatre hommes et un mousse. Il était sorti de Boulogne par un beau temps clair pour jeter le chalut.

Or, bientôt le vent s'éleva, et une bourrasque survenant força le chalutier à fuir. Il gagna les côtes d'Angleterre ; mais la mer démontée battait les falaises, se ruait contre la terre, rendait impossible l'entrée des ports. Le petit bateau reprit le large et revint sur les côtes de France. La tempête continuait à faire infranchissables les jetées, enveloppant d'écume, de bruit et de danger tous les abords des refuges.

Le chalutier repartit encore, courant sur le dos des flots, ballotté, secoué, ruisselant, souffleté par des paquets d'eau, mais gaillard, malgré tout, accoutumé à ces gros temps qui le tenaient parfois cinq ou six jours errant entre les deux pays voisins sans pouvoir aborder l'un ou l'autre.

Puis enfin l'ouragan se calma comme il se trouvait en pleine mer, et, bien que la vague fût encore forte, le patron commanda de jeter le chalut.

Donc le grand engin de pêche fut passé par-dessus bord, et deux hommes à l'avant, deux hommes à l'arrière, commencèrent à filer sur les rouleaux les amarres qui le tenaient. Soudain il toucha le fond ; mais une haute lame inclinant le bateau, Javel cadet, qui se trouvait à l'avant et dirigeait la descente du filet, chancela, et son bras se trouva saisi entre la corde un instant détendue par la secousse et le bois où elle glissait. Il fit un effort désespéré, tâchant de l'autre main de soulever l'amarre, mais le chalut traînait déjà et le câble roidi ne céda point.

L'homme crispé par la douleur appela. Tous accoururent. Son frère quitta la barre. Ils se jetèrent sur la corde, s'efforçant de dégager le membre qu'elle broyait. Ce fut en vain. « Faut couper », dit un matelot, et il tira de sa poche un large couteau, qui pouvait, en deux coups, sauver le bras de Javel cadet.

Mais couper, c'était perdre le chalut, et ce chalut valait de l'argent, beaucoup d'argent, quinze cents francs ; et il appartenait à Javel aîné, qui tenait à son avoir.

Il cria, le cœur torturé : « Non, coupe pas, attends, je vas lofer[1]. » Et il courut au gouvernail, mettant toute la barre dessous.

Le bateau n'obéit qu'à peine, paralysé par ce

---

1. *Lofer*, c'est gouverner au plus près du vent. On notera, dans tout le conte, la précision du vocabulaire maritime de Maupassant.

filet qui immobilisait son impulsion, et entraîné d'ailleurs par la force de la dérive et du vent.

Javel cadet s'était laissé tomber sur les genoux, les dents serrées, les yeux hagards. Il ne disait rien. Son frère revint, craignant toujours le couteau d'un marin : « Attends, attends, coupe pas, faut mouiller l'ancre. »

L'ancre fut mouillée, toute la chaîne filée, puis on se mit à virer au cabestan pour détendre les amarres du chalut. Elles s'amollirent, enfin, et on dégagea le bras inerte, sous la manche de laine ensanglantée.

Javel cadet semblait idiot. On lui retira la vareuse et on vit une chose horrible, une bouillie de chairs dont le sang jaillissait à flots qu'on eût dit poussés par une pompe. Alors l'homme regarda son bras et murmura : « Foutu. »

Puis, comme l'hémorragie faisait une mare sur le pont du bateau, un des matelots cria : « Il va se vider, faut nouer la veine. »

Alors ils prirent une ficelle, une grosse ficelle brune et goudronnée, et, enlaçant le membre au-dessus de la blessure, ils serrèrent de toute leur force. Les jets de sang s'arrêtèrent peu à peu ; et finirent par cesser tout à fait.

Javel cadet se leva, son bras pendait à son côté. Il le prit de l'autre main, le souleva, le tourna, le secoua. Tout était rompu, les os cassés ; les muscles seuls retenaient ce morceau de son corps. Il le considérait d'un œil morne, réfléchissant. Puis il s'assit sur une voile pliée, et les camarades lui conseillèrent de mouiller sans cesse la blessure pour empêcher le mal noir[1].

On mit un seau auprès de lui, et, de minute en minute, il puisait dedans au moyen d'un verre, et baignait l'horrible plaie en laissant couler dessus un petit filet d'eau claire.

« Tu serais mieux en bas », lui dit son frère. Il descendit, mais au bout d'une heure il remonta, ne se sentant pas bien tout seul. Et puis, il préférait le grand air. Il se rassit sur sa voile et recommença à bassiner son bras.

La pêche était bonne. Les larges poissons à ventre blanc gisaient à côté de lui, secoués par des spasmes de mort ; il les regardait sans cesser d'arroser ses chairs écrasées.

Comme on allait regagner Boulogne, un nouveau coup de vent se déchaîna ; et le petit bateau recommença sa course folle, bondissant et culbutant, secouant le triste blessé.

La nuit vint. Le temps fut gros jusqu'à l'aurore. Au soleil levant on apercevait de nouveau

1. Le *mal noir* (plus loin le *Noir*), c'est la gangrène.

l'Angleterre, mais, comme la mer était moins dure, on repartit pour la France en louvoyant.

Vers le soir, Javel cadet appela ses camarades et leur montra des traces noires, toute une vilaine apparence de pourriture sur la partie du membre qui ne tenait plus à lui.

Les matelots regardaient, disant leur avis.

« Ça pourrait bien être le Noir », pensait l'un.

« Faudrait de l'iau salée là-dessus », déclarait un autre.

On apporta donc de l'eau salée et on en versa sur le mal. Le blessé devint livide, grinça des dents, se tordit un peu ; mais il ne cria pas.

Puis, quand la brûlure se fut calmée : « Donne-moi ton couteau », dit-il à son frère. Le frère tendit son couteau.

« Tiens-moi le bras en l'air, tout drait, tire dessus. »

On fit ce qu'il demandait.

Alors il se mit à couper lui-même. Il coupait doucement, avec réflexion, tranchant les derniers tendons avec cette lame aiguë, comme un fil de rasoir ; et bientôt il n'eut plus qu'un moignon. Il poussa un profond soupir et déclara : « Fallait ça. J'étais foutu. »

Il semblait soulagé et respirait avec force. Il recommença à verser de l'eau sur le tronçon de membre qui lui restait.

La nuit fut mauvaise encore et on ne put atterrir.

Quand le jour parut, Javel cadet prit son bras détaché et l'examina longuement. La putréfaction se déclarait. Les camarades vinrent aussi l'examiner, et ils se le passaient de main en main, le tâtaient, le retournaient, le flairaient.

Son frère dit : « Faut jeter ça à la mer à c't' heure. »

Mais Javel cadet se fâcha : « Ah ! mais non, ah ! mais non. J' veux point. C'est à moi, pas vrai, pisque c'est mon bras. »

Il le reprit et le posa entre ses jambes.

« Il va pas moins pourrir », dit l'aîné. Alors une idée vint au blessé. Pour conserver le poisson quand on tenait longtemps la mer, on l'empilait en des barils de sel.

Il demanda : « J' pourrions t'y point l' mettre dans la saumure. »

« Ça, c'est vrai », déclarèrent les autres.

Alors on vida un des barils, plein déjà de la pêche des jours derniers ; et, tout au fond, on déposa le bras. On versa du sel dessus, puis on replaça, un à un, les poissons.

Un des matelots fit cette plaisanterie : « Pourvu que je l' vendions point à la criée. »

Et tout le monde rit, hormis les deux Javel.

Le vent soufflait toujours. On louvoya encore en vue de Boulogne jusqu'au lendemain dix heures. Le blessé continuait sans cesse à jeter de l'eau sur sa plaie.

De temps en temps il se levait et marchait d'un bout à l'autre du bateau.

Son frère, qui tenait la barre, le suivait de l'œil en hochant la tête.

On finit par rentrer au port.

Le médecin examina la blessure et la déclara en bonne voie. Il fit un pansement complet et ordonna le repos. Mais Javel ne voulut pas se coucher sans avoir repris son bras, et il retourna bien vite au port pour retrouver le baril qu'il avait marqué d'une croix.

On le vida devant lui et il ressaisit son membre, bien conservé dans la saumure, ridé, rafraîchi. Il l'enveloppa dans une serviette emportée à cette intention, et rentra chez lui.

Sa femme et ses enfants examinèrent longuement ce débris du père, tâtant les doigts, enlevant les brins de sel restés sous les ongles ; puis on fit venir le menuisier, qui prit mesure pour un petit cercueil.

Le lendemain l'équipage complet du chalutier suivit l'enterrement du bras détaché. Les deux frères, côte à côte, conduisaient le deuil. Le sacristain de la paroisse tenait le cadavre sous son aisselle.

Javel cadet cessa de naviguer. Il obtint un petit emploi dans le port, et, quand il parlait plus tard de son accident, il confiait tout bas à son auditeur : « Si le frère avait voulu couper le chalut, j'aurais encore mon bras, pour sûr. Mais il était regardant à son bien. »

UN NORMAND [1]

À Paul Alexis [2].

Nous venions de sortir de Rouen et nous suivions au grand trot la route de Jumièges. La légère voiture filait, traversant les prairies ; puis le cheval se mit au pas pour monter la côte de Canteleu.

C'est là un des horizons les plus magnifi-

1. Paru, signé Maufrigneuse, dans *Gil Blas* du 10 octobre 1882.
2. Paul Alexis (1847-1901) fut, comme Hennique et Céard, un des collaborateurs des *Soirées de Médan* et un des bons romanciers naturalistes (il travailla également avec Antoine au Théâtre libre). Selon Jules Renard, Zola « s'en rapportait à Alexis pour se documenter sur la vie mondaine », car « quand il allait dîner en ville, il ne remarquait que la forme des cuillers à potage » ; Alexis ne devait pas lui être de grand secours, puisque, toujours selon Jules Renard, il avait « une manière de voir les choses de gros myope qui, voyant petit, croit voir fin et vrai » (*Journal*, Bibliothèque de la Pléiade, pp. 1110 et 57). Maupassant était depuis longtemps en excellents termes avec Alexis, lequel est surtout connu aujourd'hui par le fameux « naturalisme pas mort, lettre suit ».

ques qui soient au monde. Derrière nous
Rouen, la ville aux églises, aux clochers gothi-
ques, travaillés comme des bibelots d'ivoire ;
en face, Saint-Sever[1], le faubourg aux manu-
factures, qui dresse ses mille cheminées
fumantes sur le grand ciel vis-à-vis des mille
clochetons sacrés de la vieille cité.

Ici la flèche de la cathédrale[2], le plus haut

1. Maupassant a plusieurs fois évoqué le panorama, en effet
admirable, que l'on découvre du haut des collines qui dominent
Rouen. Saint-Sever, sur la rive gauche de la Seine, était un faubourg de la ville sur la route de Caen.
2. Cette flèche, qui est d'ailleurs un tour de force technique,
a fait couler beaucoup d'encre. C'est Alavoine, auteur (moins
bien inspiré) du fameux éléphant en plâtre de la Bastille évoqué
dans *Les Misérables* et de la colonne de Juillet, qui en coiffa la
tour centrale de la cathédrale pour remplacer l'ancienne flèche
détruite par la foudre en 1822. Elle est en fonte, à armature de
bois, pèse 720 000 kilos et s'élève à 156 mètres au-dessus du
sol. Commencés en 1827, les travaux d'érection furent inter-
rompus en 1848 et fort lentement repris, puisque c'est seulement en 1877 qu'ils furent achevés, les architectes Barthélemy
et Demarest ayant pris la relève d'Alavoine, depuis longtemps
décédé. Très ébranlée lors des bombardements de 1944, battue
par les vents qui remontent de l'estuaire de la Seine, elle pose
aujourd'hui bien des problèmes au service des Monuments
historiques. Maupassant semble avoir eu pour la flèche d'Alavoine plus de tendresse que Flaubert, lequel y voyait « la tentative extravagante de quelque chaudronnier fantaisiste »
(*Madame Bovary*, III, 1). Viollet-le-Duc de son côté doutait que
« cette grande pyramide de ferraille... puisse se relier avec les
constructions inférieures ». L'appréciation est assez curieuse de
la part d'un partisan aussi convaincu de l'architecture métalli-
que, dont la flèche d'Alavoine est un exemplaire remarquable,
et qui fit d'ailleurs à Notre-Dame ce qu'Alavoine avait fait à la
cathédrale de Rouen. Quant à la « Pompe à feu » de la « Foudre », il s'agit d'une cheminée d'usine « aussi haute que la
pyramide de Chéops, le second des sommets dus au travail
humain, presque l'égale de sa fière commère, la flèche de la

sommet des monuments humains ; et là-bas, la
« Pompe à feu » de la « Foudre », sa rivale
presque aussi démesurée, et qui passe d'un
mètre la plus géante des pyramides d'Égypte.

Devant nous la Seine se déroulait, ondu-
lante, semée d'îles, bordée à droite de blanches
falaises que couronnait une forêt, à gauche de
prairies immenses qu'une autre forêt limitait,
là-bas, tout là-bas.

De place en place, de grands navires à l'ancre le long des berges du large fleuve. Trois
énormes vapeurs s'en allaient, à la queue leu
leu, vers Le Havre ; et un chapelet de bâtiments, formé d'un trois-mâts, de deux goélet-
tes et d'un brick, remontait vers Rouen, traîné
par un petit remorqueur vomissant un nuage de
fumée noire [1].

Mon compagnon, né dans le pays, ne regardait
même point ce surprenant paysage ; mais il souriait sans cesse ; il semblait rire en lui-même.
Tout à coup, il éclata : « Ah ! vous allez voir
quelque chose de drôle ; la chapelle au père
Mathieu. Ça, c'est du nanan, mon bon. »

cathédrale », que Maupassant décrit dans *Bel-Ami* (II, 1) et qui
lui « semblait la reine du peuple travailleur et fumant des usi-
nes, comme sa voisine était la reine de la foule pointue des
monuments sacrés ». La description de *Bel-Ami* (publié en
1885) reprend en le développant le début de *Un Normand*.
 1. Un des meilleurs paysages de Maupassant. On pense à
certains tableaux de Bonnard (*Le Train et les chalands*, 1909,
Ermitage, Saint-Petersbourg) peints à Vernon.

Je le regardai d'un œil étonné. Il reprit :

— Je vais vous faire sentir un fumet de Normandie qui vous restera dans le nez. Le père Mathieu est le plus beau Normand de la province, et sa chapelle une des merveilles du monde, ni plus ni moins ; mais je vais vous donner d'abord quelques mots d'explication.

Le père Mathieu, qu'on appelle aussi le père « La Boisson », est un ancien sergent-major revenu dans son pays natal. Il unit en des proportions admirables pour faire un ensemble parfait la blague du vieux soldat à la malice finaude du Normand. De retour au pays, il est devenu, grâce à des protections multiples et à des habiletés invraisemblables, gardien d'une chapelle miraculeuse, une chapelle protégée par la Vierge et fréquentée principalement par les filles enceintes. Il a baptisé sa statue merveilleuse : « Notre-Dame du Gros-Ventre », et il la traite avec une certaine familiarité goguenarde qui n'exclut point le respect. Il a composé lui-même et fait imprimer une prière spéciale pour sa BONNE VIERGE. Cette prière est un chef-d'œuvre d'ironie involontaire, d'esprit normand où la raillerie se mêle à la peur du SAINT, à la peur superstitieuse de l'influence secrète de quelque chose. Il ne croit pas beaucoup à sa patronne ; cependant il y croit un peu, par prudence, et il la ménage, par politique.

Voici le début de cette étonnante oraison :

« Notre bonne madame la Vierge Marie, patronne naturelle des filles-mères en ce pays et par toute la terre, protégez votre servante qui a fauté dans un moment d'oubli. »

. . . .

Cette supplique se termine ainsi :

« Ne m'oubliez pas surtout auprès de votre saint Époux et intercédez auprès de Dieu le Père pour qu'il m'accorde un bon mari semblable au vôtre. »

Cette prière, interdite par le clergé de la contrée, est vendue par lui sous le manteau, et passe pour salutaire à celles qui la récitent avec onction.

En somme, il parle de la bonne Vierge, comme faisait de son maître le valet de chambre d'un prince redouté, confident de tous les petits secrets intimes. Il sait sur son compte une foule d'histoires amusantes, qu'il dit tout bas, entre amis, après boire.

Mais vous verrez par vous-même.

Comme les revenus fournis par la Patronne ne lui semblaient point suffisants, il a annexé à la Vierge principale un petit commerce de Saints. Il les tient tous ou presque tous. La place manquant dans la chapelle, il les a emmagasinés au bûcher, d'où il les sort sitôt

qu'un fidèle les demande. Il a façonné lui-
même ces statuettes de bois, invraisemblable-
ment comiques, et les a peintes toutes en vert
à pleine couleur, une année qu'on badigeonnait
sa maison. Vous savez que les Saints guéris-
sent les maladies ; mais chacun a sa spécialité ;
et il ne faut pas commettre de confusion ni
d'erreurs. Ils sont jaloux les uns des autres
comme des cabotins.

Pour ne pas se tromper, les vieilles bonnes
femmes viennent consulter Mathieu.

— Pour les maux d'oreilles, qué saint
qu'est l' meilleur ?

— Mais y a saint Osyme qu'est bon ; y a
aussi saint Pamphile [1] qu'est pas mauvais.

Ce n'est pas tout.

Comme Mathieu a du temps de reste, il
boit ; mais il boit en artiste, en convaincu, si
bien qu'il est gris régulièrement tous les soirs.
Il est gris, mais il le sait ; il le sait si bien qu'il
note, chaque jour, le degré exact de son
ivresse. C'est là sa principale occupation ; la
chapelle ne vient qu'après.

Et il a inventé, écoutez bien et cramponnez-
vous, il a inventé le saoulomètre.

L'instrument n'existe pas, mais les observa-

---

1. Il existe bien un saint Pamphyle (ou Pamphile) martyrisé
à Césarée en 309. Mais saint Osyme et, plus bas, saint Blanc
sont des inventions plaisantes du père Mathieu (et de Maupassant).

tions de Mathieu sont aussi précises que celles d'un mathématicien.

Vous l'entendez dire sans cesse : « D'puis lundi, j'ai passé quarante-cinq. »

Ou bien : « J'étais entre cinquante-deux et cinquante-huit. »

Ou bien : « J'en avais bien soixante-six à soixante-dix. »

Ou bien : « Cré coquin, je m' croyais dans les cinquante, v'là que j' m'aperçois qu' j'étais dans les soixante-quinze ! »

Jamais il ne se trompe.

Il affirme n'avoir pas atteint le mètre, mais comme il avoue que ses observations cessent d'être précises quand il a passé quatre-vingt-dix, on ne peut se fier absolument à son affirmation.

Quand Mathieu reconnaît avoir passé quatre-vingt-dix, soyez tranquille, il était crânement gris.

Dans ces occasions-là, sa femme, Mélie, une autre merveille, se met en des colères folles. Elle l'attend sur sa porte, quand il rentre, et elle hurle : « Te voilà, salaud, cochon, bougre d'ivrogne ! »

Alors Mathieu, qui ne rit plus, se campe en face d'elle, et, d'un ton sévère : « Tais-toi, Mélie, c'est pas le moment de causer. Attends à d'main. »

Si elle continue à vociférer, il s'approche et, la voix tremblante : « Gueule plus ; j' suis dans les quatre-vingt-dix ; je n' mesure plus ; j' vas cogner, prends garde ! »

Alors, Mélie bat en retraite.

Si elle veut, le lendemain, revenir sur ce sujet, il lui rit au nez et répond : « Allons, allons ! assez causé ; c'est passé. Tant qu' j'aurais pas atteint le mètre, y a pas de mal. Mais si j' passe le mètre, j' te permets de m' corriger, ma parole ! »

Nous avions gagné le sommet de la côte. La route s'enfonçait dans l'admirable forêt de Roumare[1].

L'automne, l'automne merveilleux, mêlait son or et sa pourpre aux dernières verdures restées vives, comme si des gouttes de soleil fondu avaient coulé du ciel dans l'épaisseur des bois.

On traversa Duclair, puis, au lieu de continuer sur Jumièges, mon ami tourna vers la gauche, et, prenant un chemin de traverse, s'enfonça dans le taillis.

Et bientôt, du sommet d'une grande côte nous découvrions de nouveau la magnifique vallée de la Seine et le fleuve tortueux s'allongeant à nos pieds.

Sur la droite, un tout petit bâtiment couvert d'ardoises et surmonté d'un clocher haut

---

1. À l'ouest de Rouen, dans la première boucle de la Seine. Duclair, à vingt kilomètres de Rouen, est sur les bords de la Seine.

comme une ombrelle s'adossait contre une jolie maison aux persiennes vertes, toute vêtue de chèvrefeuilles et de rosiers.

Une grosse voix cria : « V'là des amis ! » Et Mathieu parut sur le seuil. C'était un homme de soixante ans, maigre, portant la barbiche et de longues moustaches blanches.

Mon compagnon lui serra la main, me présenta, et Mathieu nous fit entrer dans une fraîche cuisine qui lui servait aussi de salle. Il disait :

— Moi, Monsieur, j' n'ai pas d'appartement distingué. J'aime bien à n' point m'éloigner du fricot. Les casseroles, voyez-vous, ça tient compagnie.

Puis, se tournant vers mon ami :

— Pourquoi venez-vous un jeudi ? Vous savez bien que c'est jour de consultation d' ma Patronne. J' peux pas sortir c't' après-midi.

Et, courant à la porte, il poussa un effroyable beuglement : « Méli-e-e ! » qui dut faire lever la tête aux matelots des navires qui descendaient ou remontaient le fleuve, là-bas, tout au fond de la creuse vallée.

Mélie ne répondit point.

Alors Mathieu cligna de l'œil avec malice.

— A n'est pas contente après moi, voyez-vous, parce qu'hier je m' suis trouvé dans les quatre-vingt-dix.

Mon voisin se mit à rire : — Dans les qua-

tre-vingt-dix, Mathieu ! Comment avez-vous
fait ?

Mathieu répondit :

— J' vas vous dire. J' n'ai trouvé, l'an dernier, qu' vingt rasières[1] d' pommes d'abricot.
Y n'y en a pu ; mais, pour faire du cidre y n'y
a qu' ça. Donc j'en fis une pièce qu' je mis hier
en perce. Pour du nectar, c'est du nectar ; vous
m'en direz des nouvelles. J'avais ici Polyte ;
j' nous mettons à boire un coup, et puis encore
un coup, sans s' rassasier (on en boirait jusqu'à
d'main), si bien que, d' coup en coup, je m'
sens une fraîcheur dans l'estomac. J' dis à
Polyte : « Si on buvait un verre de fine pour se
réchauffer ! » Y consent. Mais c'te fine, ça
vous met l' feu dans le corps, si bien qu'il a
fallu r'venir au cidre. Mais v'là que d' fraîcheur en chaleur et d' chaleur en fraîcheur,
j' m'aperçois que j' suis dans les quatre-vingt-
dix. Polyte était pas loin du mètre.

La porte s'ouvrit. Mélie parut, et tout de
suite avant de nous avoir dit bonjour : « ... Crés
cochons, vous aviez bien l'mètre tous les
deux. »

Alors Mathieu se fâcha : « Dis pas ça, Mélie,
dis pas ça ; j'ai jamais été au mètre. »

---

1. Ancienne mesure flamande, utilisée pour la houille. En
Normandie, elle servait à mesurer les pommes, les tubercules et
valait cinquante litres environ.

On nous fit un déjeuner exquis, devant la porte, sous deux tilleuls, à côté de la petite chapelle de « Notre-Dame du Gros-Ventre » et en face de l'immense paysage. Et Mathieu nous raconta, avec raillerie mêlée de crédulités inattendues, d'invraisemblables histoires de miracles.

Nous avions bu beaucoup de ce cidre adorable, piquant et sucré, frais et grisant, qu'il préférait à tous les liquides ; et nous fumions nos pipes, à cheval sur nos chaises, quand deux bonnes femmes se présentèrent.

Elles étaient vieilles, sèches, courbées. Après avoir salué, elles demandèrent saint Blanc. Mathieu cligna de l'œil vers nous et répondit :

— J' vas vous donner ça.

Et il disparut dans son bûcher.

Il y resta bien cinq minutes ; puis il revint avec une figure consternée. Il levait les bras :

— J' sais pas oùsqu'il est, je l' trouve pu ; j' suis pourtant sûr que je l'avais.

Alors, faisant de ses mains un porte-voix, il mugit de nouveau : « Méli-e-e ! » Du fond de la cour sa femme répondit :

— Qué qu'y a ?

— Oùsqu'il est saint Blanc ! Je l' trouve pu dans l' bûcher.

Alors, Mélie jeta cette explication :

— C'est-y pas celui qu' t'as pris l'aut'e

semaine pour boucher l' trou d' la cabine[1] à lapins ?

Mathieu tressaillit : « Nom d'un tonnerre, ça s' peut bien ! »

Alors il dit aux femmes : « Suivez-moi. »

Elles suivirent. Nous en fîmes autant, malades de rires étouffés.

En effet, saint Blanc, piqué en terre comme un simple pieu, maculé de boue et d'ordures, servait d'angle à la cabane à lapins.

Dès qu'elles l'aperçurent, les deux bonnes femmes tombèrent à genoux, se signèrent et se mirent à murmurer des *Oremus*. Mais Mathieu se précipita : « Attendez, vous v'là dans la crotte ; j' vas vous donner une botte de paille. »

Il alla chercher la paille et leur en fit un prie-Dieu. Puis, considérant son saint fangeux, et, craignant sans doute un discrédit pour son commerce, il ajouta :

— J' vas vous l' débrouiller un brin.

Il prit un seau, une brosse, et se mit à laver vigoureusement le bonhomme de bois, pendant que les deux vieilles priaient toujours.

Puis, quand il eut fini, il ajouta : « Maintenant il n'y a plus d' mal. » Et il nous ramena boire un coup.

Comme il portait le verre à sa bouche, il

---

1. Toutes les éditions portent bien *cabine* et non *cabane*, qui surprendrait moins. Habitude normande ?

s'arrêta, et, d'un air un peu confus : « C'est égal, quand j'ai mis saint Blanc aux lapins, j' croyais bien qu'i n' f'rait pu d'argent. Y avait deux ans qu'on n' le d'mandait plus. Mais les saints, voyez-vous, ça n' passe jamais. »

Il but et reprit.

— Allons, buvons encore un coup. Avec des amis y n' faut pas y aller à moins d' cinquante ; et j' n'en sommes seulement pas à trente-huit.

LE TESTAMENT [1]

À Paul Hervieu [2].

Je connaissais ce grand garçon qui s'appelait René de Bourneval. Il était de commerce aimable, bien qu'un peu triste, semblait revenu de tout, fort sceptique, d'un scepticisme précis et mordant, habile surtout à désarticuler d'un mot les hypocrisies mondaines. Il répétait souvent : « Il n'y a pas d'hommes honnêtes ; ou du

1. Paru, signé Maufrigneuse, dans *Gil Blas* du 7 novembre 1882.
2. Romancier (*Flirt, L'Armature*) et surtout homme de théâtre (*La Loi de l'homme, L'Énigme, Le Dédale, Le Réveil, Le destin est maître*), Paul Hervieu (1857-1915) n'était pas encore à l'époque où Maupassant lui dédie *Le Testament* (avec un curieux pressentiment de ce qu'allait être sa carrière) l'idole d'un public mondain, amateur de psychologie, de conflits d'idées et de drames moraux. En 1883, Hervieu n'avait écrit qu'un recueil de nouvelles, *Diogène le chien*, publié sous le pseudonyme d'Éliacin. Louis Forestier suggère que Maupassant fit sa connaissance par l'intermédiaire d'Octave Mirbeau, qui avait accepté la collaboration de Paul Hervieu au périodique *Les Grimaces*, qu'il venait de fonder.

moins ils ne le sont que relativement aux cra-
pules. »

Il avait deux frères qu'il ne voyait point,
MM. de Courcils. Je le croyais d'un autre lit,
vu leurs noms différents. On m'avait dit à plusieurs reprises qu'une histoire étrange s'était
passée en cette famille, mais sans donner
aucun détail.

Cet homme me plaisant tout à fait, nous
fûmes bientôt liés. Un soir, comme j'avais dîné
chez lui en tête à tête, je lui demandai par
hasard : « Êtes-vous né du premier ou du
second mariage de madame votre mère ? » Je
le vis pâlir un peu, puis rougir ; et il demeura
quelques secondes sans parler, visiblement
embarrassé. Puis il sourit d'une façon mélancolique et douce qui lui était particulière, et il
dit : « Mon cher ami, si cela ne vous ennuie
point, je vais vous donner sur mon origine des
détails bien singuliers. Je vous sais un homme
intelligent, je ne crains donc pas que votre ami-
tié en souffre, et si elle en devait souffrir, je ne
tiendrais plus alors à vous avoir pour ami. »

Ma mère, Mme de Courcils, était une pauvre
petite femme timide, que son mari avait épousée pour sa fortune. Toute sa vie fut un martyre. D'âme aimante, craintive, délicate, elle
fut rudoyée sans répit par celui qui aurait dû
être mon père, un de ces rustres qu'on appelle
des gentilshommes campagnards. Au bout d'un

mois de mariage, il vivait avec une servante [1]. Il eut en outre pour maîtresses les femmes et les filles de ses fermiers ; ce qui ne l'empêcha point d'avoir deux enfants de sa femme ; on devrait compter trois, en me comprenant. Ma mère ne disait rien ; elle vivait dans cette maison toujours bruyante comme ces petites souris qui glissent sous les meubles. Effacée, disparue, frémissante, elle regardait les gens de ses yeux inquiets et clairs, toujours mobiles, des yeux d'être effaré que la peur ne quitte pas. Elle était jolie pourtant, fort jolie, toute blonde, d'un blond gris, d'un blond timide ; comme si ses cheveux avaient été un peu décolorés par ses craintes incessantes.

Parmi les amis de M. de Courcils qui venaient constamment au château, se trouvait un ancien officier de cavalerie, veuf, homme redouté, tendre et violent, capable des résolutions les plus énergiques, M. de Bourneval, dont je porte le nom. C'était un grand gaillard maigre, avec de grosses moustaches noires. Je lui ressemble beaucoup. Cet homme avait lu, et ne pensait nullement comme ceux de sa classe.

---

1. C'est ce que fait Julien dans *Une vie*. Toute la nouvelle est d'ailleurs assez proche du roman, qui fut publié en 1883, à peu près en même temps que les *Contes de la Bécasse*. Avec plus de personnalité, M. de Bourneval lui-même fait penser par ses lectures, son rousseauisme, au père de Jeanne, la malheureuse héroïne du livre.

Son arrière-grand-mère avait été une amie de
J.-J. Rousseau, et on eût dit qu'il avait hérité
quelque chose de cette liaison d'une ancêtre. Il
savait par cœur le *Contrat social*, la *Nouvelle
Héloïse* et tous ces livres philosophants qui ont
préparé de loin le futur bouleversement de nos
antiques usages, de nos préjugés, de nos lois
surannées, de notre morale imbécile.

Il aima ma mère, paraît-il, et en fut aimé.
Cette liaison demeura tellement secrète que
personne ne la soupçonna. La pauvre femme,
délaissée et triste, dut s'attacher à lui d'une
façon désespérée, et prendre dans son commerce toutes ses manières de penser, des théo-
ries de libre sentiment, des audaces d'amour
indépendant ; mais, comme elle était si craintive qu'elle n'osait jamais parler haut, tout cela
fut refoulé, condensé, pressé en son cœur qui
ne s'ouvrit jamais.

Mes deux frères étaient durs pour elle,
comme leur père, ne la caressaient point, et,
habitués à ne la voir compter pour rien dans la
maison, la traitaient un peu comme une bonne.

Je fus le seul de ses fils qui l'aimât vraiment
et qu'elle aimât.

Elle mourut. J'avais alors dix-huit ans. Je
dois ajouter, pour que vous compreniez ce qui
va suivre, que son mari était doté d'un conseil
judiciaire, qu'une séparation de biens avait
été prononcée au profit de ma mère, qui avait

conservé, grâce aux artifices de la loi et au dévouement intelligent d'un notaire, le droit de tester à sa guise.

Nous fûmes donc prévenus qu'un testament existait chez ce notaire, et invités à assister à la lecture.

Je me rappelle cela comme d'hier. Ce fut une scène grandiose, dramatique, burlesque, surprenante, amenée par la révolte posthume de cette morte, par ce cri de liberté, cette revendication du fond de la tombe de cette martyre écrasée par nos mœurs durant sa vie, et qui jetait, de son cercueil clos, un appel désespéré vers l'indépendance.

Celui qui se croyait mon père, un gros homme sanguin éveillant l'idée d'un boucher, et mes frères, deux forts garçons de vingt et de vingt-deux ans, attendaient tranquilles sur leurs sièges. M. de Bourneval, invité à se présenter, entra et se plaça derrière moi. Il était serré dans sa redingote, fort pâle, et il mordillait souvent sa moustache, un peu grise à présent. Il s'attendait sans doute à ce qui allait se passer.

Le notaire ferma la porte à double tour et commença la lecture, après avoir décacheté devant nous l'enveloppe scellée à la cire rouge et dont il ignorait le contenu.

Brusquement mon ami se tut, se leva, puis il alla prendre dans son secrétaire un vieux papier, le déplia, le baisa longuement, et il reprit : « Voici le testament de ma bien-aimée mère :

« Je soussignée, Anne-Catherine-Geneviève-Mathilde de Croixluce, épouse légitime de Jean-Léopold-Joseph Gontran de Courcils, saine de corps et d'esprit, exprime ici mes dernières volontés.

« Je demande pardon à Dieu d'abord, et ensuite à mon cher fils René, de l'acte que je vais commettre. Je crois mon enfant assez grand de cœur pour me comprendre et me pardonner. J'ai souffert toute ma vie. J'ai été épousée par calcul, puis méprisée, méconnue, opprimée, trompée sans cesse par mon mari.

« Je lui pardonne, mais je ne lui dois rien.

« Mes fils aînés ne m'ont point aimée, ne m'ont point gâtée, m'ont à peine traitée comme une mère.

« J'ai été pour eux, durant ma vie, ce que je devais être ; je ne leur dois plus rien après ma mort. Les liens du sang n'existent pas sans l'affection constante, sacrée, de chaque jour. Un fils ingrat est moins qu'un étranger ; c'est un coupable, car il n'a pas le droit d'être indifférent pour sa mère.

« J'ai toujours tremblé devant les hommes, devant leurs lois iniques, leurs coutumes inhumaines, leurs préjugés infâmes. Devant Dieu, je ne crains plus. Morte, je rejette de moi la honteuse hypocrisie ; j'ose dire ma pensée, avouer et signer le secret de mon cœur.

« Donc, je laisse en dépôt toute la partie de ma fortune dont la loi me permet de disposer, à mon amant bien-aimé Pierre-Germer-Simon de Bourneval, pour revenir ensuite à notre cher fils René.

(Cette volonté est formulée en outre, d'une façon plus précise, dans un acte notarié.)

« Et, devant le Juge suprême qui m'entend je déclare que j'aurais maudit le ciel et l'existence si je n'avais rencontré l'affection profonde, dévouée, tendre, inébranlable de mon amant, si je n'avais compris dans ses bras que le Créateur a fait les êtres pour s'aimer, se soutenir, se consoler, et pleurer ensemble dans les heures d'amertume.

« Mes deux fils aînés ont pour père M. de Courcils. René seul doit la vie à M. de Bourneval. Je prie le Maître des hommes et de leurs destinées de placer au-dessus des préjugés sociaux le père et le fils, de les faire s'aimer jusqu'à leur mort et m'aimer encore dans mon cercueil.

« Tels sont ma dernière pensée et mon dernier désir.

MATHILDE DE CROIXLUCE. »

M. de Courcils s'était levé ; il cria : « C'est là le testament d'une folle ! » Alors M. de Bourneval fit un pas et déclara d'une voix forte, d'une voix tranchante : « Moi, Simon de Bourneval, je déclare que cet écrit ne renferme que la stricte vérité. Je suis prêt à le prouver même par les lettres que j'ai. »

Alors M. de Courcils marcha vers lui. Je crus qu'ils allaient se colleter. Ils étaient là, grands tous deux, l'un gros, l'autre maigre, frémissants. Le mari de ma mère articula en bégayant : « Vous êtes un misérable ! » L'autre prononça du même ton vigoureux et sec : « Nous nous retrouverons autre part, monsieur. Je vous aurais déjà souffleté et provoqué depuis longtemps si je n'avais tenu avant tout à la tranquillité, durant sa vie, de la pauvre femme que vous avez tant fait souffrir. »

Puis il se tourna vers moi : « Vous êtes mon fils. Voulez-vous me suivre ? Je n'ai pas le droit de vous emmener, mais je le prends, si vous voulez bien m'accompagner. »

Je lui serrai la main sans répondre. Et nous sommes sortis ensemble. J'étais, certes, aux trois quarts fou.

Deux jours plus tard M. de Bourneval tuait en duel M. de Courcils. Mes frères, par crainte d'un affreux scandale, se sont tus. Je leur ai cédé et ils ont accepté la moitié de la fortune laissée par ma mère.

J'ai pris le nom de mon père véritable, renonçant à celui que la loi me donnait et qui n'était pas le mien.

M. de Bourneval est mort depuis cinq ans. Je ne suis point encore consolé.

Il se leva, fit quelques pas, et, se plaçant en face de moi : « Eh bien ! je dis que le testament de ma mère est une des choses les plus belles, les plus loyales, les plus grandes qu'une femme puisse accomplir. N'est-ce pas votre avis ? »

Je lui tendis les deux mains : « Oui, certainement, mon ami. »

AUX CHAMPS [1]

À Octave Mirbeau [2].

Les deux chaumières étaient côte à côte, au pied d'une colline, proches d'une petite ville de bains. Les deux paysans besognaient dur sur la terre inféconde pour élever tous leurs petits. Chaque ménage en avait quatre. Devant les deux portes voisines, toute la marmaille grouillait du matin au soir. Les deux aînés avaient six ans et les deux cadets quinze mois environ ; les mariages et, ensuite, les naissances, s'étaient

1. Paru dans *Le Gaulois* du 31 octobre 1882.
2. Octave Mirbeau (1848-1917) en 1883 n'est pas encore le glorieux auteur de *L'Abbé Jules* et du *Journal d'une femme de chambre* (1898 et 1900). Critique dramatique à *L'Ordre*, sous-préfet du 16-Mai, catholique et monarchiste avant de devenir anarchiste, ennemi juré de tous les dogmes et de toutes les autorités, auteur d'un pamphlet publié en 1882, *Le Comédien*, collaborateur du *Gaulois*, du *Figaro*, de *L'Illustration*, il est, selon Maupassant, « un des plus intéressants et des plus foncièrement doués des journalistes contemporains ». Il avait, lui aussi, tenu un rôle dans une des représentations d'*À la feuille de rose*.

produits à peu près simultanément dans l'une et l'autre maison.

Les deux mères distinguaient à peine leurs produits dans le tas ; et les deux pères confondaient tout à fait. Les huit noms dansaient dans leur tête, se mêlaient sans cesse ; et, quand il fallait en appeler un, les hommes souvent en criaient trois avant d'arriver au véritable.

La première des deux demeures, en venant de la station d'eaux de Rolleport[1], était occupée par les Tuvache, qui avaient trois filles et un garçon ; l'autre masure abritait les Vallin, qui avaient une fille et trois garçons.

Tout cela vivait péniblement de soupe, de pommes de terre et de grand air. À sept heures, le matin, puis à midi, puis à six heures, le soir, les ménagères réunissaient leurs mioches pour donner la pâtée, comme des gardeurs d'oies assemblent leurs bêtes. Les enfants étaient assis, par rang d'âge, devant la table en bois, vernie par cinquante ans d'usage. Le dernier moutard avait à peine la bouche au niveau de la planche. On posait devant eux l'assiette creuse pleine de pain molli dans l'eau où avaient cuit les pommes de terre, un demi-chou et trois oignons ; et toute la lignée mangeait jusqu'à

---

1. Il n'y a pas de Rolleport sur les cartes. Tuvache est le nom du maire d'Yonville dans *Madame Bovary*.

plus faim. La mère empâtait[1] elle-même le petit. Un peu de viande au pot-au-feu, le dimanche, était une fête pour tous ; et le père, ce jour-là, s'attardait au repas en répétant : « Je m'y ferais bien tous les jours. »

Par un après-midi du mois d'août, une légère voiture s'arrêta brusquement devant les deux chaumières, et une jeune femme, qui conduisait elle-même, dit au monsieur assis à côté d'elle :

— Oh ! regarde, Henri, ce tas d'enfants ! Sont-ils jolis, comme ça, à grouiller dans la poussière !

L'homme ne répondit rien, accoutumé à ces admirations qui étaient une douleur et presque un reproche pour lui.

La jeune femme reprit :

— Il faut que je les embrasse ! Oh ! comme je voudrais en avoir un, celui-là, le tout petit !

Et, sautant de la voiture, elle courut aux enfants, prit un des deux derniers, celui des Tuvache, et, l'enlevant dans ses bras, elle le baisa passionnément sur ses joues sales, sur ses cheveux blonds frisés et pommadés de terre, sur ses menottes qu'il agitait pour se débarrasser des caresses ennuyeuses.

Puis elle remonta dans sa voiture et partit au

1. *Empâter*, c'est gaver de pâtée. Se dit surtout à propos des oies, des chapons.

grand trot. Mais elle revint la semaine suivante, s'assit elle-même par terre, prit le moutard dans ses bras, le bourra de gâteaux, donna des bonbons à tous les autres ; et joua avec eux comme une gamine, tandis que son mari attendait patiemment dans sa frêle voiture.

Elle revint encore, fit connaissance avec les parents, reparut tous les jours, les poches pleines de friandises et de sous.

Elle s'appelait Mme Henri d'Hubières.

Un matin, en arrivant, son mari descendit avec elle ; et, sans s'arrêter aux mioches, qui la connaissaient bien maintenant, elle pénétra dans la demeure des paysans.

Ils étaient là, en train de fendre du bois pour la soupe ; ils se redressèrent tout surpris, donnèrent des chaises et attendirent. Alors la jeune femme, d'une voix entrecoupée, tremblante, commença :

— Mes braves gens, je viens vous trouver parce que je voudrais bien... je voudrais bien emmener avec moi votre... votre petit garçon...

Les campagnards, stupéfaits et sans idée, ne répondirent pas.

Elle reprit haleine et continua.

— Nous n'avons pas d'enfants ; nous sommes seuls, mon mari et moi... Nous le garderions... voulez-vous ?

La paysanne commençait à comprendre. Elle demanda :

— Vous voulez nous prend'e Charlot ? Ah ben non, pour sûr.

Alors M. d'Hubières intervint :

— Ma femme s'est mal expliquée. Nous voulons l'adopter, mais il reviendra vous voir. S'il tourne bien, comme tout porte à le croire, il sera notre héritier. Si nous avions, par hasard, des enfants, il partagerait également avec eux. Mais s'il ne répondait pas à nos soins, nous lui donnerions, à sa majorité, une somme de vingt mille francs, qui sera immédiatement déposée en son nom chez un notaire. Et, comme on a aussi pensé à vous, on vous servira jusqu'à votre mort une rente de cent francs par mois. Avez-vous bien compris ?

La fermière s'était levée, toute furieuse.

— Vous voulez que j' vous vendions Charlot ? Ah ! mais non ; c'est pas des choses qu'on d'mande à une mère, ça ! Ah ! mais non ! Ce s'rait une abomination.

L'homme ne disait rien, grave et réfléchi ; mais il approuvait sa femme d'un mouvement continu de la tête.

Mme d'Hubières, éperdue, se mit à pleurer, et, se tournant vers son mari, avec une voix pleine de sanglots, une voix d'enfant dont tous les désirs ordinaires sont satisfaits, elle balbutia :

— Ils ne veulent pas, Henri, ils ne veulent pas !

Alors ils firent une dernière tentative.

— Mais, mes amis, songez à l'avenir de votre enfant, à son bonheur, à...

La paysanne, exaspérée, lui coupa la parole :

— C'est tout vu, c'est tout entendu, c'est tout réfléchi... Allez-vous-en, et pi, que j' vous revoie point par ici. C'est i permis d' vouloir prendre un éfant comme ça !

Alors, Mme d'Hubières, en sortant, s'avisa qu'ils étaient deux tout petits, et elle demanda à travers ses larmes, avec une ténacité de femme volontaire et gâtée, qui ne veut jamais attendre :

— Mais l'autre petit n'est pas à vous ?

Le père Tuvache répondit :

— Non, c'est aux voisins ; vous pouvez y aller si vous voulez.

Et il rentra dans sa maison, où retentissait la voix indignée de sa femme.

Les Vallin étaient à table, en train de manger avec lenteur des tranches de pain qu'ils frottaient parcimonieusement avec un peu de beurre piqué au couteau, dans une assiette entre eux deux.

M. d'Hubières recommença ses propositions, mais avec plus d'insinuations, de précautions oratoires, d'astuce.

Les deux ruraux hochaient la tête en signe de refus ; mais quand ils apprirent qu'ils

auraient cent francs par mois, ils se considérè-
rent, se consultant de l'œil, très ébranlés.

Ils gardèrent longtemps le silence, torturés,
hésitants. La femme enfin demanda :

— Qué qu' t'en dis, l'homme ?

Il prononça d'un ton sentencieux :

— J' dis qu' c'est point méprisable.

Alors Mme d'Hubières, qui tremblait d'angoisse, leur parla de l'avenir du petit, de son
bonheur, et de tout l'argent qu'il pourrait leur
donner plus tard.

Le paysan demanda :

— C'te rente de douze cents francs, ce s'ra
promis d'vant l' notaire ?

M. d'Hubières répondit :

— Mais certainement, dès demain.

La fermière, qui méditait, reprit :

— Cent francs par mois, c'est point suffi-
sant pour nous priver du p'tit ; ça travaillera
dans quéqu'z' ans c't' éfant ; i nous faut cent
vingt francs.

Mme d'Hubières, trépignant d'impatience,
les accorda tout de suite ; et, comme elle voulait enlever l'enfant, elle donna cent francs en
cadeau pendant que son mari faisait un écrit.
Le maire et un voisin, appelés aussitôt, servi-
rent de témoins complaisants.

Et la jeune femme, radieuse, emporta le mar-
mot hurlant, comme on emporte un bibelot
désiré d'un magasin.

Les Tuvache, sur leur porte, le regardaient partir, muets, sévères, regrettant peut-être leur refus.

On n'entendit plus du tout parler du petit Jean Vallin. Les parents, chaque mois, allaient toucher leurs cent vingt francs chez le notaire ; et ils étaient fâchés avec leurs voisins parce que la mère Tuvache les agonisait d'ignominies, répétant sans cesse de porte en porte qu'il fallait être dénaturé pour vendre son enfant, que c'était une horreur, une saleté, une corromperie.

Et parfois elle prenait en ses bras son Charlot avec ostentation, lui criant, comme s'il eût compris :

— J' t'ai pas vendu, mé, j' t'ai pas vendu, mon p'tiot. J' vends pas m's éfants, mé. J' sieus pas riche, mais vends pas m's éfants.

Et, pendant des années et encore des années, ce fut ainsi chaque jour ; chaque jour des allusions grossières étaient vociférées devant la porte, de façon à entrer dans la maison voisine. La mère Tuvache avait fini par se croire supérieure à toute la contrée parce qu'elle n'avait pas vendu Charlot. Et ceux qui parlaient d'elle disaient :

— J' sais ben que c'était engageant, c'est égal, elle s'a conduite comme une bonne mère.

On la citait ; et Charlot, qui prenait dix-huit

ans, élevé dans cette idée qu'on lui répétait sans répit, se jugeait lui-même supérieur à ses camarades, parce qu'on ne l'avait pas vendu.

Les Vallin vivotaient à leur aise, grâce à la pension. La fureur inapaisable des Tuvache, restés misérables, venait de là.

Leur fils aîné partit au service. Le second mourut ; Charlot resta seul à peiner avec le vieux père pour nourrir la mère et deux autres sœurs cadettes qu'il avait.

Il prenait vingt et un ans, quand, un matin, une brillante voiture s'arrêta devant les deux chaumières. Un jeune monsieur, avec une chaîne de montre en or, descendit, donnant la main à une vieille dame en cheveux blancs. La vieille dame lui dit :

— C'est là, mon enfant, à la seconde maison.

Et il entra comme chez lui dans la masure des Vallin.

La vieille mère lavait ses tabliers ; le père, infirme, sommeillait près de l'âtre. Tous deux levèrent la tête, et le jeune homme dit :

— Bonjour, papa ; bonjour, maman.

Ils se dressèrent, effarés. La paysanne laissa tomber d'émoi son savon dans son eau et balbutia :

— C'est-i té, m'n éfant ? C'est-i té, m'n éfant ?

Il la prit dans ses bras et l'embrassa, en répétant : « Bonjour, maman. » Tandis que le vieux, tout tremblant, disait, de son ton calme qu'il ne perdait jamais : « Te v'là-t'i revenu, Jean ? » Comme s'il l'avait vu un mois auparavant.

Et, quand ils se furent reconnus, les parents voulurent tout de suite sortir le fieu dans le pays pour le montrer. On le conduisit chez le maire, chez l'adjoint, chez le curé, chez l'instituteur.

Charlot, debout sur le seuil de sa chaumière, le regardait passer.

Le soir, au souper, il dit aux vieux :

— Faut-i qu' vous ayez été sots pour laisser prendre le p'tit aux Vallin !

Sa mère répondit obstinément :

— J' voulions point vendre not' éfant !

Le père ne disait rien.

Le fils reprit :

— C'est-i pas malheureux d'être sacrifié comme ça !

Alors le père Tuvache articula d'un ton coléreux :

— Vas-tu pas nous r'procher d' t'avoir gardé ?

Et le jeune homme, brutalement :

— Oui, j' vous le r'proche, que vous n'êtes que des niants[1]. Des parents comme vous, ça

---

1. Des *niants* ; voir la note 1, p. 104. À la fin du récit, *manant* (encore aujourd'hui employé à la campagne) signifie à la fois paysan et imbécile, dépourvu d'éducation, pauvre type.

fait l' malheur des éfants. Qu' vous mériteriez que j' vous quitte.

La bonne femme pleurait dans son assiette. Elle gémit tout en avalant des cuillerées de soupe dont elle répandait la moitié :

— Tuez-vous donc pour élever d's éfants !

Alors le gars, rudement :

— J'aimerais mieux n'être point né que d'être c' que j' suis. Quand j'ai vu l'autre, tantôt, mon sang n'a fait qu'un tour. Je m' suis dit : v'là c' que j' serais maintenant !

Il se leva.

— Tenez, j' sens bien que je ferai mieux de n' pas rester ici, parce que j' vous le reprocherais du matin au soir, et que j' vous ferais une vie d' misère. Ça, voyez-vous, j' vous l' pardonnerai jamais !

Les deux vieux se taisaient, atterrés, larmoyants.

Il reprit :

— Non, c't' idée-là, ce serait trop dur. J'aime mieux m'en aller chercher ma vie aut' part !

Il ouvrit la porte. Un bruit de voix entra. Les Vallin festoyaient avec l'enfant revenu.

Alors Charlot tapa du pied et, se tournant vers ses parents, cria :

— Manants, va !

Et il disparut dans la nuit.

UN COQ CHANTA [1]

À René Billotte [2].

Mme Berthe d'Avancelles avait jusque-là
repoussé toutes les supplications de son admi-
rateur désespéré, le baron Joseph de Croissard.
Pendant l'hiver, à Paris, il l'avait ardemment
poursuivie, et il donnait pour elle maintenant
des fêtes et des chasses en son château normand de Carville.

Le mari, M. d'Avancelles, ne voyait rien, ne
savait rien, comme toujours. Il vivait, disait-on,
séparé de sa femme, pour cause de faiblesse

1. Paru, signé Maufrigneuse, dans *Gil Blas* du 5 juillet 1882.
2. Un des canotiers de la Grenouillère. René Billotte (1846-
1914) fut aussi un peintre, élève de Fromentin, « auteur de délicats paysages qu'éclaire une lumière crépusculaire » dit le
Larousse : *La Neige à la porte d'Asnières* (ancienne collection
du musée du Luxembourg), *Le soir à l'avenue de Villiers*
(musée de Dijon), *Les Dernières Brumes à Notre-Dame de
Paris* (musée de Bucarest). René Billotte a également décoré
une partie du fameux buffet de la gare de Lyon, aujourd'hui
nommé « Le Train Bleu ».

physique, que madame ne lui pardonnait point. C'était un gros petit homme, chauve, court de bras, de jambes, de cou, de nez, de tout.

Mme d'Avancelles était au contraire une grande jeune femme brune et déterminée, qui riait d'un rire sonore au nez de son maître qui l'appelait publiquement « Madame Popote », et regardait d'un certain air engageant et tendre les larges épaules et l'encolure robuste et les longues moustaches blondes de son soupirant attiré, le baron Joseph de Croissard.

Elle n'avait encore rien accordé cependant. Le baron se ruinait pour elle. C'étaient sans cesse des fêtes, des chasses, des plaisirs nouveaux auxquels il invitait la noblesse des châteaux environnants.

Tout le jour, les chiens courants hurlaient par les bois à la suite du renard et du sanglier, et, chaque soir, d'éblouissants feux d'artifice allaient mêler aux étoiles leurs panaches de feu, tandis que les fenêtres illuminées du salon jetaient sur les vastes pelouses des traînées de lumière où passaient des ombres.

C'était l'automne, la saison rousse. Les feuilles voltigeaient sur les gazons comme des volées d'oiseaux. On sentait traîner dans l'air des odeurs de terre humide, de terre dévêtue, comme on sent une odeur de chair nue, quand tombe, après le bal, la robe d'une femme.

Un soir, dans une fête, au dernier printemps,

Mme d'Avancelles avait répondu à M. de Croissard qui la harcelait de ses prières : « Si je dois tomber, mon ami, ce ne sera pas avant la chute des feuilles. J'ai trop de choses à faire cet été pour avoir le temps. » Il s'était souvenu de cette parole rieuse et hardie ; et, chaque jour, il insistait davantage, chaque jour il avançait ses approches, il gagnait un pas dans le cœur de la belle audacieuse qui ne résistait plus, semblait-il, que pour la forme.

Une grande chasse allait avoir lieu. Et, la veille, Mme Berthe avait dit, en riant, au baron : « Baron, si vous tuez la bête, j'aurai quelque chose pour vous. »

Dès l'aurore, il fut debout pour reconnaître où le solitaire s'était baugé. Il accompagna ses piqueurs, disposa les relais, organisa tout lui-même pour préparer son triomphe ; et, quand les cors sonnèrent le départ, il apparut dans un étroit vêtement de chasse rouge et or, les reins serrés, le buste large, l'œil radieux, frais et fort comme s'il venait de sortir du lit.

Les chasseurs partirent. Le sanglier débusqué fila, suivi des chiens hurleurs, à travers des broussailles ; et les chevaux se mirent à galoper, emportant par les étroits sentiers des bois les amazones et les cavaliers, tandis que, sur les chemins amollis, roulaient sans bruit les voitures qui accompagnaient de loin la chasse.

Mme d'Avancelles, par malice, retint le

baron près d'elle, s'attardant, au pas, dans une grande avenue interminablement droite et longue et sur laquelle quatre rangs de chênes se repliaient comme une voûte.

Frémissant d'amour et d'inquiétude, il écoutait d'une oreille le bavardage moqueur de la jeune femme, et de l'autre il suivait le chant des cors et la voix des chiens qui s'éloignaient.

— Vous ne m'aimez donc plus ? disait-elle.

Il répondait : « Pouvez-vous dire des choses pareilles ? »

Elle reprenait : « La chasse cependant semble vous occuper plus que moi. »

Il gémissait : « Ne m'avez-vous point donné l'ordre d'abattre moi-même l'animal ? »

Et elle ajoutait gravement : « Mais j'y compte. Il faut que vous le tuiez devant moi. »

Alors il frémissait sur sa selle, piquait son cheval qui bondissait, et, perdant patience : « Mais sacristi ! madame, cela ne se pourra pas si nous restons ici. »

Puis elle lui parlait tendrement, posant la main sur son bras, ou flattant, comme par distraction, la crinière de son cheval.

Et elle lui jetait, en riant : « Il faut que cela soit, pourtant... ou alors... tant pis pour vous. »

Puis ils tournèrent à droite dans un petit chemin couvert, et soudain, pour éviter une branche qui barrait la route, elle se pencha sur lui, si près qu'il sentit sur son cou le chatouille-

ment des cheveux. Alors brutalement il l'en-
laça, et, appuyant sur la tempe ses grandes
moustaches, il la baisa d'un baiser furieux.

Elle ne remua point d'abord, restant ainsi
sous cette caresse emportée ; puis, d'une
secousse, elle tourna la tête, et, soit hasard, soit
volonté, ses petites lèvres à elle rencontrèrent
ses lèvres à lui, sous leur cascade de poils
blonds.

Alors, soit confusion, soit remords, elle
cingla le flanc de son cheval, qui partit au
grand galop. Ils allèrent ainsi longtemps, sans
échanger même un regard.

Le tumulte de la chasse se rapprochait ; les
fourrés semblaient frémir, et tout à coup, bri-
sant les branches, couvert de sang, secouant les
chiens qui s'attachaient à lui, le sanglier passa.

Alors le baron, poussant un rire de triomphe,
cria : « Qui m'aime me suive ! » Et il disparut
dans les taillis, comme si la forêt l'eût englouti.

Quand elle arriva, quelques minutes plus
tard, dans une clairière, il se relevait souillé de
boue, la jaquette déchirée, les mains sanglan-
tes, tandis que la bête étendue portait dans
l'épaule le couteau de chasse enfoncé jusqu'à
la garde.

La curée se fit aux flambeaux par une nuit
douce et mélancolique. La lune jaunissait la
flamme rouge des torches qui embrumaient la
nuit de leur fumée résineuse. Les chiens man-

geaient les entrailles puantes du sanglier, et criaient, et se battaient. Et les piqueurs et les gentilshommes chasseurs, en cercle autour de la curée, sonnaient du cor à plein souffle. La fanfare s'en allait dans la nuit claire au-dessus des bois, répétée par les échos perdus des vallées lointaines, réveillant les cerfs inquiets, les renards glapissants et troublant en leurs ébats les petits lapins gris, au bord des clairières.

Les oiseaux de nuit voletaient, effarés, au-dessus de la meute affolée d'ardeur. Et des femmes, attendries par toutes ces choses douces et violentes, s'appuyant un peu au bras des hommes, s'écartaient déjà dans les allées, avant que les chiens eussent fini leur repas.

Tout alanguie par cette journée de fatigue et de tendresse, Mme d'Avancelles dit au baron :

— Voulez-vous faire un tour de parc, mon ami ?

Mais lui, sans répondre, tremblant, défaillant, l'entraîna.

Et, tout de suite, ils s'embrassèrent. Ils allaient au pas, au petit pas, sous les branches presque dépouillées et qui laissaient filtrer la lune ; et leur amour, leurs désirs, leur besoin d'étreinte étaient devenus si véhéments qu'ils faillirent choir au pied d'un arbre.

Les cors ne sonnaient plus. Les chiens épuisés dormaient au chenil. « Rentrons », dit la jeune femme. Ils revinrent.

Puis, lorsqu'ils furent devant le château, elle murmura d'une voix mourante : « Je suis si fatiguée que je vais me coucher, mon ami. » Et, comme il ouvrait les bras pour la prendre en un dernier baiser, elle s'enfuit, lui jetant comme adieu : « Non... je vais dormir... Qui m'aime me suive ! »

Une heure plus tard, alors que tout le château silencieux semblait mort, le baron sortit à pas de loup de sa chambre et s'en vint gratter à la porte de son amie. Comme elle ne répondait pas, il essaya d'ouvrir. Le verrou n'était point poussé.

Elle rêvait, accoudée à la fenêtre.

Il se jeta à ses genoux qu'il baisait éperdument à travers la robe de nuit. Elle ne disait rien, enfonçant ses doigts fins, d'une manière caressante, dans les cheveux du baron.

Et soudain, se dégageant comme si elle eût pris une grande résolution, elle murmura de son air hardi, mais à voix basse : « Je vais revenir. Attendez-moi. » Et son doigt, tendu dans l'ombre montrait au fond de la chambre la tache vague et blanche du lit.

Alors, à tâtons, éperdu, les mains tremblantes, il se dévêtit bien vite et s'enfonça dans les draps frais. Il s'étendit délicieusement, oubliant presque son amie, tant il avait plaisir à cette caresse du linge sur son corps las de mouvement.

Elle ne revenait point, pourtant [1], s'amusant sans doute à le faire languir. Il fermait les yeux dans un bien-être exquis ; et il rêvait doucement dans l'attente délicieuse de la chose tant désirée. Mais peu à peu ses membres s'engourdirent, sa pensée s'assoupit, devint incertaine, flottante. La puissante fatigue enfin le terrassa ; il s'endormit.

Il dormit du lourd sommeil, de l'invincible sommeil des chasseurs exténués. Il dormit jusqu'à l'aurore.

Tout à coup, la fenêtre étant restée entrouverte, un coq, perché dans un arbre voisin, chanta. Alors brusquement, surpris par ce cri sonore, le baron ouvrit les yeux.

Sentant contre lui un corps de femme, se trouvant en un lit qu'il ne reconnaissait pas, surpris et ne se souvenant plus de rien, il balbutia, dans l'effarement du réveil :

— Quoi ? Où suis-je ? Qu'y a-t-il ?

Alors elle, qui n'avait point dormi, regardant cet homme dépeigné, aux yeux rouges, à la lèvre épaisse, répondit, du ton hautain dont elle parlait à son mari :

— Ce n'est rien. C'est un coq qui chante. Rendormez-vous, monsieur, cela ne vous regarde pas.

---

1. Les éditions de 1883 et 1887 portent un point-virgule après *pourtant*. Nous avons cru devoir corriger.

UN FILS [1]

À René Maizeroy [2].

Ils se promenaient, les deux vieux amis,

1. Paru, signé Maufrigneuse, sous le titre *Père inconnu* dans
Gil Blas du 19 avril 1882. La préoriginale est plus courte que
la nouvelle publiée en 1883 : c'est, de tous les contes du
volume, celui que Maupassant a le plus soigneusement retra-
vaillé, peut-être parce que le sujet lui tenait à cœur et, comme
le suggère Louis Forestier (Bibliothèque de la Pléiade, p. 1424),
qu'était né le 27 février 1883 le premier des trois enfants qu'il
eut de Joséphine Litzelmann. Les enfants naturels de Maupassant (un fils et deux filles) étaient moins ratés que la malheureuse brute de Pont-l'Abbé, bien qu'ils aient été très difficile-
ment élevés sur le plan matériel par leur mère, qui mourut en
1920. L'aîné, Lucien, était entre les deux guerres rédacteur
principal à la sous-préfecture de Sens. L'une des filles,
Lucienne, était modiste en chambre à Paris ; la cadette avait
épousé un garagiste de Sens, ancien joueur de football et corres-
pondant de *L'Auto* (ce qui aurait sans doute beaucoup amusé
Maupassant). Maupassant s'occupa de ses enfants, leur laissant
même, semble-t-il, quelque argent après sa mort, mais il ne
voulut pas épouser Joséphine Litzelmann, sans doute par suite
de l'opposition de sa mère. Voir sur ce point : Léon Deffoux,
« À propos des enfants de Guy de Maupassant », *Mercure de
France*, janvier 1927.
2. René Maizeroy était le pseudonyme du baron René-Jean

dans le jardin tout fleuri où le gai printemps remuait de la vie.

L'un était Sénateur, et l'autre de l'Académie française, graves tous deux, pleins de raisonnements très logiques mais solennels, gens de marque et de réputation.

Ils parlotèrent d'abord de politique, échangeant des pensées, non pas sur des Idées, mais sur des hommes, les personnalités, en cette matière, primant toujours la Raison. Puis ils soulevèrent quelques souvenirs ; puis ils se turent, continuant à marcher côte à côte, tout amollis par la tiédeur de l'air.

Une grande corbeille de ravenelles[1] exhalait des souffles sucrés et délicats ; un tas de fleurs de toute race et de toute nuance jetaient leurs odeurs dans la brise, tandis qu'un faux-ébénier, vêtu de grappes jaunes, éparpillait au vent sa fine poussière, une fumée d'or qui sentait le miel et qui portait, pareille aux poudres caressantes des parfumeurs, sa semence embaumée à travers l'espace.

Toussaint (1856-1918), collaborateur du *Gaulois*, du *Figaro*, de *Gil Blas*, romancier spécialisé dans les sujets militaires (*Le Capitaine Bric-à-Brac*) et l'évocation un peu leste des milieux mondains (*Les Amours défendues, Les Parisiennes, Des baisers, du sang*). Très lié avec Maupassant, qui l'assista dans un duel et préfaça certains de ses livres (*Celles qui osent*, 1883, et *La Grande Bleue*, 1888), René Maizeroy fut un des modèles de *Bel-Ami*.

1. *Ravenelle* : nom usuel de la moutarde des champs ou radis sauvage.

Le sénateur s'arrêta, huma le nuage fécondant qui flottait, considéra l'arbre amoureux resplendissant comme un soleil et dont les germes s'envolaient. Et il dit : « Quand on songe que ces imperceptibles atomes, qui sentent bon, vont créer des existences à des centaines de lieues d'ici, vont faire tressaillir les fibres et les sèves d'arbres femelles et produire des êtres à racines, naissant d'un germe, comme nous, mortels, comme nous, et qui seront remplacés par d'autres êtres de même essence, comme nous toujours ! »

Puis, planté devant l'ébénier radieux dont les parfums vivifiants se détachaient à tous les frissons de l'air, M. le sénateur ajouta : « Ah ! mon gaillard, s'il te fallait faire le compte de tes enfants, tu serais bigrement embarrassé. En voilà un qui les exécute facilement et qui les lâche sans remords, et qui ne s'en inquiète guère. »

L'académicien ajouta : « Nous en faisons autant, mon ami. »

Le sénateur reprit : « Oui, je ne le nie pas, nous les lâchons quelquefois, mais nous le savons au moins, et cela constitue notre supériorité. »

Mais l'autre secoua la tête : « Non, ce n'est pas là ce que je veux dire ; voyez-vous, mon cher, il n'est guère d'homme qui ne possède des enfants ignorés, ces enfants dits *de père*

inconnu, qu'il a faits, comme cet arbre repro-
duit, presque inconsciemment.

S'il fallait établir le compte des femmes que
nous avons eues, nous serions, n'est-ce pas,
aussi embarrassés que cet ébénier que vous
interpelliez le serait pour numéroter ses des-
cendants.

De dix-huit à quarante ans enfin, en faisant
entrer en ligne les rencontres passagères, les
contacts d'une heure, on peut bien admettre
que nous avons eu des... rapports intimes avec
deux ou trois cents femmes.

Eh bien, mon ami, dans ce nombre êtes-vous
sûr que vous n'en ayez pas fécondé au moins
une, et que vous ne possédiez point sur le pavé,
ou au bagne, un chenapan de fils qui vole et
assassine les honnêtes gens, c'est-à-dire nous ;
ou bien une fille dans quelque mauvais lieu ;
ou peut-être, si elle a eu la chance d'être abandonnée par sa mère, cuisinière en quelque
famille ?

Songez en outre que presque toutes les
femmes que nous appelons *publiques* possè-
dent un ou deux enfants dont elles ignorent le
père, enfants attrapés dans le hasard de leurs
étreintes à dix ou vingt francs. Dans tout métier
on fait la part des profits et pertes. Ces reje-
tons-là constituent les « pertes » de leur profes-
sion. Quels sont les générateurs ? — Vous,
— moi, — nous tous, les hommes dits *comme*

il faut ! Ce sont les résultats de nos joyeux
dîners d'amis, de nos soirs de gaieté, de ces
heures où notre chair contente nous pousse aux
accouplements d'aventure.

Les voleurs, les rôdeurs, tous les misérables,
enfin, sont nos enfants. Et cela vaut encore
mieux pour nous que si nous étions les leurs,
car ils reproduisent aussi, ces gredins-là !

Tenez, j'ai, pour ma part, sur la conscience
une très vilaine histoire que je veux vous dire.
C'est pour moi un remords incessant, plus que
cela, c'est un doute continuel, une inapaisable
incertitude qui, parfois, me torture horriblement.

À l'âge de vingt-cinq ans j'avais entrepris
avec un de mes amis, aujourd'hui conseiller
d'État, un voyage en Bretagne, à pied.

Après quinze ou vingt jours de marche
forcenée, après avoir visité les Côtes-du-Nord
et une partie du Finistère, nous arrivions à
Douarnenez ; de là, en une étape, on gagna la
sauvage pointe du Raz par la baie des Trépassés, et on coucha dans un village quelconque
dont le nom finissait en *of* ; mais, le matin
venu, une fatigue étrange retint au lit mon
camarade. Je dis au lit par habitude, car notre
couche se composait simplement de deux bot-
tes de paille.

Impossible d'être malade en ce lieu. Je le

forçai donc à se lever, et nous parvînmes à
Audierne vers quatre ou cinq heures du soir.

Le lendemain, il allait un peu mieux ; on
repartit ; mais, en route, il fut pris de malaises
intolérables, et c'est à grand-peine que nous
pûmes atteindre Pont-Labbé.

Là, au moins, nous avions une auberge. Mon
ami se coucha, et le médecin, qu'on fit venir
de Quimper, constata une forte fièvre, sans en
déterminer la nature.

Connaissez-vous Pont-Labbé ? — Non.
— Eh bien, c'est la ville la plus bretonne de
toute cette Bretagne bretonnante qui va de la
pointe du Raz au Morbihan, de cette contrée
qui contient l'essence des mœurs, des légendes, des coutumes bretonnes. Encore aujour-
d'hui, ce coin de pays n'a presque pas changé.
Je dis : *encore aujourd'hui*, car j'y retourne à
présent tous les ans, hélas !

Un vieux château baigne le pied de ses tours
dans un grand étang triste, triste, avec des vols
d'oiseaux sauvages. Une rivière sort de là que
les caboteurs peuvent remonter jusqu'à la ville.
Et dans les rues étroites aux maisons antiques,
les hommes portent le grand chapeau, le gilet
brodé et les quatre vestes superposées : la première, grande comme la main, couvrant au plus
les omoplates, et la dernière s'arrêtant juste au-
dessus du fond de culotte.

Les filles, grandes, belles, fraîches, ont la

poitrine écrasée dans un gilet de drap qui forme cuirasse, les étreint, ne laissant même pas deviner leur gorge puissante et martyrisée ; et elles sont coiffées d'une étrange façon : sur les tempes, deux plaques brodées en couleur encadrent le visage, serrent les cheveux qui tombent en nappe derrière la tête, puis remontent se tasser au sommet du crâne sous un singulier bonnet, tissu souvent d'or ou d'argent.

La servante de notre auberge avait dix-huit ans au plus, des yeux tout bleus, d'un bleu pâle que perçaient les deux petits points noirs de la pupille ; et ses dents courtes, serrées, qu'elle montrait sans cesse en riant, semblaient faites pour broyer du granit.

Elle ne savait pas un mot de français, ne parlant que le breton, comme la plupart de ses compatriotes.

Or, mon ami n'allait guère mieux, et, bien qu'aucune maladie ne se déclarât, le médecin lui défendait de partir encore, ordonnant un repos complet. Je passais donc les journées près de lui, et sans cesse la petite bonne entrait, apportant, soit mon dîner, soit de la tisane.

Je la lutinais un peu, ce qui semblait l'amuser, mais nous ne causions pas, naturellement, puisque nous ne nous comprenions point.

Or, une nuit, comme j'étais resté fort tard auprès du malade, je croisai, en regagnant ma chambre, la fillette qui rentrait dans la sienne. C'était juste en face de ma porte ouverte ; alors, brusquement, sans réfléchir à ce que je faisais, plutôt par plaisanterie qu'autrement, je la saisis à pleine taille, et, avant qu'elle fût revenue de sa stupeur, je l'avais jetée et enfermée chez moi. Elle me regardait, effarée, affolée, épouvantée, n'osant pas crier de peur d'un scandale, d'être chassée sans doute par ses maîtres d'abord, et peut-être par son père ensuite.

J'avais fait cela en riant ; mais, dès qu'elle fut chez moi, le désir de la posséder m'envahit. Ce fut une lutte longue et silencieuse, une lutte corps à corps, à la façon des athlètes, avec les bras tendus, crispés, tordus, la respiration essoufflée, la peau mouillée de sueur. Oh ! elle se débattit vaillamment ; et parfois nous heurtions un meuble, une cloison, une chaise ; alors, toujours enlacés, nous restions immobiles plusieurs secondes dans la crainte que le bruit n'eût éveillé quelqu'un ; puis nous recommencions notre acharnée bataille, moi l'attaquant, elle résistant.

Épuisée enfin, elle tomba ; et je la pris brutalement, par terre, sur le pavé.

Sitôt relevée, elle courut à la porte, tira les verrous et s'enfuit.

Je la rencontrai à peine les jours suivants. Elle ne me laissait point l'approcher. Puis, comme mon camarade était guéri et que nous devions reprendre notre voyage, je la vis entrer, la veille de mon départ, à minuit, nu-pieds, en chemise, dans ma chambre où je venais de me retirer.

Elle se jeta dans mes bras, m'étreignit passionnément, puis, jusqu'au jour, m'embrassa, me caressa, pleurant, sanglotant, me donnant enfin toutes les assurances de tendresse et de désespoir qu'une femme nous peut donner quand elle ne sait pas un mot de notre langue.

Huit jours après, j'avais oublié cette aventure commune et fréquente quand on voyage, les servantes d'auberge étant généralement destinées à distraire ainsi les voyageurs.

Et je fus trente ans sans y songer et sans revenir à Pont-Labbé.

Or, en 1876, j'y retournai par hasard au cours d'une excursion en Bretagne, entreprise pour documenter un livre et pour me bien pénétrer des paysages.

Rien ne me sembla changé. Le château mouillait toujours ses murs grisâtres dans l'étang, à l'entrée de la petite ville ; et l'auberge était la même quoique réparée, remise à neuf, avec un air plus moderne. En entrant, je fus reçu par deux jeunes Bretonnes de dix-huit ans, fraîches et gentilles, encuirassées dans leur étroit gilet de drap, casquées d'argent avec les grandes plaques brodées sur les oreilles.

Il était environ six heures du soir. Je me mis à table pour dîner et, comme le patron s'empressait lui-même à me servir, la fatalité sans doute me fit dire : « Avez-vous connu les anciens maîtres de cette maison ? J'ai passé ici une dizaine de jours il y a trente ans maintenant. Je vous parle de loin. »

Il répondit : « C'étaient mes parents, monsieur. »

Alors je lui racontai en quelle occasion je m'étais arrêté, comment j'avais été retenu par l'indisposition d'un camarade. Il ne me laissa pas achever.

— Oh ! je me rappelle parfaitement. J'avais alors quinze ou seize ans. Vous couchiez dans la chambre du fond et votre ami dans celle dont j'ai fait la mienne, sur la rue.

C'est alors seulement que le souvenir très vif de la petite bonne me revint. Je demandai : « Vous rappelez-vous une gentille petite servante qu'avait alors votre père, et qui possédait, si ma mémoire ne me trompe, de jolis yeux et des dents fraîches ? »

Il reprit : « Oui, monsieur ; elle est morte en couches quelque temps après. »

Et, tendant la main vers la cour où un homme maigre et boiteux remuait du fumier, il ajouta : « Voilà son fils. »

Je me mis à rire. « Il n'est pas beau et ne

ressemble guère à sa mère. Il tient du père sans
doute. »

L'aubergiste reprit : « Ça se peut bien ; mais
on n'a jamais su à qui c'était. Elle est morte
sans le dire et personne ici ne lui connaissait
de galant. Ç'a été un fameux étonnement
quand on a appris qu'elle était enceinte. Personne ne voulait le croire. »

J'eus une sorte de frisson désagréable, un de
ces effleurements pénibles qui nous touchent le
cœur, comme l'approche d'un lourd chagrin.
Et je regardai l'homme dans la cour. Il venait
maintenant de puiser de l'eau pour les chevaux
et portait ses deux seaux en boitant, avec un
effort douloureux de la jambe plus courte. Il
était déguenillé, hideusement sale, avec de
longs cheveux jaunes tellement mêlés qu'ils lui
tombaient comme des cordes sur les joues.

L'aubergiste ajouta : « Il ne vaut pas grand-
chose, ç'a été gardé par charité dans la maison.
Peut-être qu'il aurait mieux tourné si on l'avait
élevé comme tout le monde. Mais que voulez-
vous, monsieur ? Pas de père, pas de mère, pas
d'argent ! Mes parents ont eu pitié de l'enfant,
mais ce n'était pas à eux, vous comprenez. »

Je ne dis rien.

Et je couchai dans mon ancienne chambre ;
et toute la nuit je pensai à cet affreux valet
d'écurie en me répétant : « Si c'était mon fils,

pourtant ? Aurais-je donc pu tuer cette fille et procréer cet être ? » C'était possible, enfin !

Je résolus de parler à cet homme et de connaître exactement la date de sa naissance. Une différence de deux mois devait m'arracher mes doutes.

Je le fis venir le lendemain. Mais il ne parlait pas le français non plus. Il avait l'air de ne rien comprendre d'ailleurs, ignorant absolument son âge qu'une des bonnes lui demanda de ma part. Et il se tenait d'un air idiot devant moi, roulant son chapeau dans ses pattes noueuses et dégoûtantes, riant stupidement, avec quelque chose du rire ancien de la mère dans le coin des lèvres et dans le coin des yeux.

Mais le patron survenant alla chercher l'acte de naissance du misérable. Il était entré dans la vie huit mois et vingt-six jours après mon passage à Pont-Labbé, car je me rappelais parfaitement être arrivé à Lorient le 15 août. L'acte portait la mention : « Père inconnu ». La mère s'était appelée Jeanne Kerradec.

Alors mon cœur se mit à battre à coups pressés. Je ne pouvais plus parler tant je me sentais suffoqué ; et je regardais cette brute dont les grands cheveux jaunes semblaient un fumier plus sordide que celui des bêtes ; et le gueux, gêné par mon regard, cessait de rire, détournait la tête, cherchait à s'en aller.

Tout le jour j'errai le long de la petite

rivière, en réfléchissant douloureusement. Mais
à quoi bon réfléchir ? Rien ne pouvait me fixer.
Pendant des heures et des heures je pesais toutes les raisons bonnes ou mauvaises pour ou
contre mes chances de paternité, m'énervant en
des suppositions inextricables, pour revenir
sans cesse à la même horrible incertitude, puis
à la conviction plus atroce encore que cet
homme était mon fils.

Je ne pus dîner et je me retirai dans ma
chambre. Je fus longtemps sans parvenir à dormir ; puis le sommeil vint, un sommeil hanté
de visions insupportables. Je voyais ce goujat
qui me riait au nez, m'appelait « papa » ; puis
il se changeait en chien et me mordait les mol-
lets, et, j'avais beau me sauver, il me suivait
toujours, et, au lieu d'aboyer il parlait, m'inju-
riait ; puis il comparaissait devant mes collè-
gues de l'Académie réunis pour décider si
j'étais bien son père ; et l'un d'eux s'écriait :
« C'est indubitable ! Regardez donc comme il
lui ressemble. » Et en effet je m'apercevais que
ce monstre me ressemblait. Et je me réveillai
avec cette idée plantée dans le crâne et avec le
désir fou de revoir l'homme pour décider si,
oui ou non, nous avions des traits communs.

Je le joignis comme il allait à la messe
(c'était un dimanche) et je lui donnai cent sous
en le dévisageant anxieusement. Il se remit à
rire d'une ignoble façon, prit l'argent, puis,

gêné de nouveau par mon œil, il s'enfuit après avoir bredouillé un mot à peu près inarticulé, qui voulait dire « merci », sans doute.

La journée se passa pour moi dans les mêmes angoisses que la veille. Vers le soir, je fis venir l'hôtelier, et avec beaucoup de pré-cautions, d'habiletés, de finesses, je lui dis que je m'intéressais à ce pauvre être si abandonné de tous et privé de tout, et que je voulais faire quelque chose pour lui.

Mais l'homme répliqua : « Oh ! n'y songez pas, monsieur, il ne vaut rien, vous n'en aurez que du désagrément. Moi, je l'emploie à vider l'écurie, et c'est tout ce qu'il peut faire. Pour ça je le nourris et il couche avec les chevaux. Il ne lui en faut pas plus. Si vous avez une vieille culotte, donnez-la-lui, mais elle sera en pièces dans huit jours. »

Je n'insistai pas, me réservant d'aviser.

Le gueux rentra le soir horriblement ivre, faillit mettre le feu à la maison, assomma un cheval à coups de pioche, et, en fin de compte, s'endormit dans la boue sous la pluie, grâce à mes largesses.

On me pria le lendemain de ne plus lui don-ner d'argent. L'eau-de-vie le rendait furieux, et, dès qu'il avait deux sous en poche, il les buvait. L'aubergiste ajouta : « Lui donner de l'argent, c'est vouloir sa mort. » Cet homme n'en avait jamais eu, absolument jamais, sauf quelques centimes jetés par les voyageurs, et il ne connaissait pas d'autre destination à ce métal que le cabaret.

Alors je passai des heures dans ma chambre, avec un livre ouvert que je semblais lire, mais ne faisant autre chose que de regarder cette brute, mon fils ! mon fils ! en tâchant de découvrir s'il avait quelque chose de moi. À force de chercher je crus reconnaître des lignes semblables dans le front et à la naissance du nez, et je fus bientôt convaincu d'une ressemblance que dissimulaient l'habillement différent et la crinière hideuse de l'homme.

Mais je ne pouvais demeurer plus longtemps sans devenir suspect, et je partis, le cœur broyé, après avoir laissé à l'aubergiste quelque argent pour adoucir l'existence de son valet.

Or, depuis six ans, je vis avec cette pensée, cette horrible incertitude, ce doute abominable. Et, chaque année, une force invincible me ramène à Pont-Labbé. Chaque année je me condamne à ce supplice de voir cette brute patauger dans son fumier, de m'imaginer qu'il me ressemble, de chercher, toujours en vain, à lui être secourable. Et chaque année je reviens ici, plus indécis, plus torturé, plus anxieux.

J'ai essayé de le faire instruire. Il est idiot sans ressource.

J'ai essayé de lui rendre la vie moins pénible. Il est irrémédiablement ivrogne et emploie à boire tout l'argent qu'on lui donne ; et il sait fort bien vendre ses habits neufs pour se procurer de l'eau-de-vie.

J'ai essayé d'apitoyer sur lui son patron pour qu'il le ménageât, en offrant toujours de l'argent. L'aubergiste, étonné à la fin, m'a répondu fort sagement : « Tout ce que vous ferez pour lui, monsieur, ne servira qu'à le perdre. Il faut le tenir comme un prisonnier. Sitôt qu'il a du temps ou du bien-être, il devient malfaisant. Si vous voulez faire du bien, ça ne manque pas, allez, les enfants abandonnés, mais choisissez-en un qui réponde à votre peine. »

Que dire à cela ?

Et si je laissais percer un soupçon des doutes qui me torturent, ce crétin, certes, deviendrait malin pour m'exploiter, me compromettre, me perdre. Il me crierait « papa », comme dans mon rêve.

Et je me dis que j'ai tué la mère et perdu cet être atrophié, larve d'écurie, éclose et poussée dans le fumier, cet homme qui, élevé comme d'autres, aurait été pareil aux autres.

Et vous ne vous figurez pas la sensation étrange, confuse et intolérable que j'éprouve en face de lui en songeant que cela est sorti de moi, qu'il tient à moi par ce lien intime qui lie le fils au père, que, grâce aux terribles lois de l'hérédité, il est moi par mille choses, par son sang et par sa chair, et qu'il a jusqu'aux mêmes germes de maladies, aux mêmes ferments de passions.

Et j'ai sans cesse un inapaisable et douloureux besoin de le voir ; et sa vue me fait horriblement souffrir ; et de ma fenêtre, là-bas, je le regarde pendant des heures remuer et charrier les ordures des bêtes, en me répétant : « C'est mon fils. »

Et je sens, parfois, d'intolérables envies de l'embrasser. Je n'ai même jamais touché sa main sordide. »

L'académicien se tut. Et son compagnon, l'homme politique, murmura : « Oui, vraiment, nous devrions bien nous occuper un peu plus des enfants qui n'ont pas de père. »

Et un souffle de vent traversant le grand arbre jaune secoua ses grappes, enveloppa d'une nuée odorante et fine les deux vieillards qui la respirèrent à longs traits.

Et le sénateur ajouta : « C'est bon vraiment d'avoir vingt-cinq ans, et même de faire des enfants comme ça. »

SAINT-ANTOINE [1]

À X. Charmes[2].

On l'appelait Saint-Antoine, parce qu'il se nommait Antoine, et aussi peut-être parce qu'il était bon vivant, joyeux, farceur, puissant mangeur et fort buveur, et vigoureux trousseur de servantes, bien qu'il eût plus de soixante ans.

C'était un grand paysan du pays de Caux, haut en couleur, gros de poitrine et de ventre, et perché sur de longues jambes qui semblaient trop maigres pour l'ampleur du corps.

Veuf, il vivait seul avec sa bonne et ses deux valets dans sa ferme qu'il dirigeait en madré compère, soigneux de ses intérêts, entendu

1. Paru, signé Maufrigneuse, dans *Gil Blas* du 3 avril 1883.
2. Xavier Charmes (1849-1919), natif d'Aurillac, qui eut un frère député et un autre frère journaliste, fut chef de cabinet d'Agénor Bardoux lorsque celui-ci prit le portefeuille de l'Instruction publique en 1877. C'est lui qui, sur la recommandation de Flaubert, fit entrer Maupassant au ministère en décembre 1878.

dans les affaires et dans l'élevage du bétail, et dans la culture de ses terres. Ses deux fils et ses trois filles, mariés avec avantage, vivaient aux environs, et venaient, une fois par mois, dîner avec le père. Sa vigueur était célèbre dans tout le pays d'alentour ; on disait, en manière de proverbe : « Il est fort comme Saint-Antoine. »

Lorsque arriva l'invasion prussienne, Saint-Antoine, au cabaret, promettait de manger une armée, car il était hâbleur comme un vrai Normand, un peu couard et fanfaron. Il tapait du poing sur la table de bois, qui sautait en faisant danser les tasses et les petits verres, et il criait, la face rouge et l'œil sournois, dans une fausse colère de bon vivant : « Faudra que j'en mange, nom de Dieu ! » Il comptait bien que les Prussiens ne viendraient pas jusqu'à Tanneville ; mais lorsqu'il apprit qu'ils étaient à Rautôt[1], il ne sortit plus de sa maison, et il guettait sans cesse la route par la petite fenêtre de sa cuisine, s'attendant à tout moment à voir passer des baïonnettes.

Un matin, comme il mangeait la soupe avec ses serviteurs, la porte s'ouvrit, et le maire de la commune, maître Chicot, parut suivi d'un soldat coiffé d'un casque noir à pointe de cui-

---

1. Tanneville et Rautôt sont des noms forgés par Mau-passant.

vre. Saint-Antoine se dressa d'un bond ; et tout
son monde le regardait, s'attendant à le voir
écharper le Prussien ; mais il se contenta de
serrer la main du maire qui lui dit : « En v'là
un pour toi, Saint-Antoine. Ils sont venus c'te
nuit. Fais pas de bêtises surtout, vu qu'ils parlent de fusiller et de brûler tout si seulement il
arrive la moindre chose. Te v'là prévenu.
Donne-li à manger, il a l'air d'un bon gars.
Bonsoir, je vas chez l's' autres. Y en a pour
tout le monde. » Et il sortit.

Le père Antoine, devenu pâle, regarda son
Prussien. C'était un gros garçon à la chair
grasse et blanche, aux yeux bleus, au poil
blond, barbu jusqu'aux pommettes, qui semblait idiot, timide et bon enfant. Le Normand
malin le pénétra tout de suite, et, rassuré, lui fit
signe de s'asseoir. Puis il lui demanda : « Voulez-vous de la soupe ? »

L'étranger ne comprit pas. Antoine alors eut un
coup d'audace, et, lui poussant sous le nez une
assiette pleine : « Tiens, avale ça, gros cochon. »

Le soldat répondit : « Ya » et se mit à manger goulûment pendant que le fermier triom-
phant, sentant sa réputation reconquise, clignait de l'œil à ses serviteurs qui grimaçaient
étrangement, ayant en même temps grand-peur
et envie de rire.

Quand le Prussien eut englouti son assiettée,
Saint-Antoine lui en servit une autre qu'il fit

disparaître également ; mais il recula devant la troisième, que le fermier voulait lui faire manger de force, en répétant : « Allons fous-toi ça dans le ventre. T'engraisseras ou tu diras pourquoi, va, mon cochon ! »

Et le soldat, comprenant seulement qu'on voulait le faire manger tout son saoul, riait d'un air content, en faisant signe qu'il était plein.

Alors Saint-Antoine, devenu tout à fait familier, lui tapa sur le ventre en criant : « Y en a-t-il dans la bedaine à mon cochon ! » Mais soudain il se tordit, rouge à tomber d'une attaque, ne pouvant plus parler. Une idée lui était venue qui le faisait étouffer de rire : « C'est ça, c'est ça, saint Antoine et son cochon. V'là mon cochon ! » Et les trois serviteurs éclatèrent à leur tour.

Le vieux était si content qu'il fit apporter l'eau-de-vie, la bonne, le fil en dix [1], et qu'il en régala tout le monde. On trinqua avec le Prussien, qui claqua de la langue par flatterie, pour indiquer qu'il trouvait ça fameux. Et Saint-Antoine lui criait dans le nez : « Hein ? En v'là d' la fine ! T'en bois pas comme ça chez toi, mon cochon. »

---

1. Eau-de-vie de degré très élevé, puisqu'on servait en général dans les cabarets du fil-en-trois ou du fil-en-quatre. Même dans *L'Assommoir*, on boit surtout du fil-en-quatre. Voir Alfred Delvaux, *Dictionnaire de la langue verte. Argots parisiens comparés*, Paris, 1866. Maupassant écrit : *fil en dix*, sans tirets.

Dès lors, le père Antoine ne sortit plus sans son Prussien. Il avait trouvé là son affaire, c'était sa vengeance à lui, sa vengeance de gros malin. Et tout le pays, qui crevait de peur, riait à se tordre derrière le dos des vainqueurs de la farce de Saint-Antoine. Vraiment, dans la plaisanterie il n'avait pas son pareil. Il n'y avait que lui pour inventer des choses comme ça. Cré coquin, va !

Il s'en allait chez les voisins, tous les jours après midi, bras dessus bras dessous avec son Allemand qu'il présentait d'un air gai en lui tapant sur l'épaule : « Tenez, v'là mon cochon, r'gardez-moi s'il engraisse c't' animal-là ! »

Et les paysans s'épanouissaient. — Est-il donc rigolo, ce bougre d'Antoine !

— J' te l' vends, Césaire, trois pistoles.

— Je l' prends, Antoine, et j' t'invite à manger du boudin.

— Mé, c' que j' veux, c'est d' ses pieds.

— Tâte li l' ventre, tu verras qu'il n'a que d' la graisse.

Et tout le monde clignait de l'œil sans rire trop haut cependant, de peur que le Prussien devinât à la fin qu'on se moquait de lui. Antoine seul, s'enhardissant tous les jours, lui pinçait les cuisses en criant : « Rien qu' du gras » ; lui tapait sur le derrière en hurlant : « Tout ça d' la couenne » ; l'enlevait dans ses bras de vieux colosse capable de porter une enclume en déclarant : « Il pèse six cents et pas de déchet. »

Et il avait pris l'habitude de faire offrir à manger à son cochon partout où il entrait avec lui. C'était là le grand plaisir, le grand divertissement de tous les jours : « Donnez-li de c' que vous voudrez, il avale tout. » Et on offrait à l'homme du pain et du beurre, des pommes de terre, du fricot froid, de l'andouille qui faisait dire : « De la vôtre, et du choix. »

Le soldat, stupide et doux, mangeait par politesse, enchanté de ces attentions, se rendait malade pour ne pas refuser ; et il engraissait vraiment, serré maintenant dans son uniforme, ce qui ravissait Saint-Antoine et lui faisait répéter : « Tu sais, mon cochon, faudra te faire faire une autre cage. »

Ils étaient devenus, d'ailleurs, les meilleurs amis du monde ; et, quand le vieux allait à ses affaires dans les environs, le Prussien l'accompagnait de lui-même pour le seul plaisir d'être avec lui.

Le temps était rigoureux ; il gelait dur ; le terrible hiver de 1870 semblait jeter ensemble tous les fléaux sur la France.

Le père Antoine, qui préparait les choses de loin et profitait des occasions, prévoyant qu'il manquerait de fumier pour les travaux du printemps, acheta celui d'un voisin qui se trouvait dans la gêne ; et il fut convenu qu'il irait cha-

que soir avec son tombereau chercher une
charge d'engrais.

Chaque jour donc il se mettait en route à
l'approche de la nuit et se rendait à la ferme
des Haules, distante d'une demi-lieue, toujours
accompagné de son cochon. Et chaque jour
c'était une fête de nourrir l'animal. Tout le
pays accourait là comme on va, le dimanche, à
la grand-messe.

Le soldat, cependant, commençait à se
méfier ; et, quand on riait trop fort, il roulait
des yeux inquiets qui, parfois, s'allumaient
d'une flamme de colère.

Or, un soir, quand il eut mangé à sa conte-
nance, il refusa d'avaler un morceau de plus ;
et il essaya de se lever pour s'en aller. Mais
Saint-Antoine l'arrêta d'un tour de poignet, et
lui posant ses deux mains puissantes sur les
épaules, il le rassit si durement que la chaise
s'écrasa sous l'homme.

Une gaieté de tempête éclata ; et Antoine,
radieux, ramassant son cochon, fit semblant de
le panser pour le guérir ; puis il déclara :
« Puisque tu n' veux pas manger, tu vas boire,
nom de Dieu ! » Et on alla chercher de l'eau-
de-vie au cabaret.

Le soldat roulait des yeux méchants : mais il
but néanmoins ; il but tant qu'on voulut ; et
Saint-Antoine lui tenait la tête, à la grande joie
des assistants.

Le Normand, rouge comme une tomate, le regard en feu, emplissait les verres, trinquait en gueulant : « à la tienne ! » Et le Prussien, sans prononcer un mot, entonnait coup sur coup des lampées de cognac.

C'était une lutte, une bataille, une revanche ! À qui boirait le plus, nom d'un nom ! Ils n'en pouvaient plus ni l'un ni l'autre quand le litre fut séché. Mais aucun des deux n'était vaincu. Ils s'en allaient manche à manche, voilà tout. Faudrait recommencer le lendemain !

Ils sortirent en titubant et se mirent en route, à côté du tombereau de fumier que traînaient lentement les deux chevaux.

La neige commençait à tomber, et la nuit sans lune s'éclairait tristement de cette blancheur morte des plaines. Le froid saisit les deux hommes, augmentant leur ivresse, et Saint-Antoine, mécontent de n'avoir pas triomphé, s'amusait à pousser de l'épaule son cochon pour le faire culbuter dans le fossé. L'autre évitait les attaques par des retraites ; et, chaque fois, il prononçait quelques mots allemands sur un ton irrité qui faisait rire aux éclats le paysan. À la fin, le Prussien se fâcha ; et juste au moment où Antoine lui lançait une nouvelle bourrade, il répondit par un coup de poing terrible qui fit chanceler le colosse.

Alors, enflammé d'eau-de-vie, le vieux saisit l'homme à bras le corps, le secoua quelques secondes comme il eût fait d'un petit enfant, et il le lança à toute volée de l'autre côté du chemin. Puis, content de cette exécution, il croisa ses bras pour rire de nouveau.

Mais le soldat se releva vivement, nu-tête, son casque ayant roulé, et, dégainant son sabre, il se précipita sur le père Antoine.

Quand il vit cela, le paysan saisit son fouet par le milieu, son grand fouet de houx, droit, fort et souple comme un nerf de bœuf.

Le Prussien arriva, le front baissé, l'arme en avant, sûr de tuer. Mais le vieux, attrapant à pleine main la lame dont la pointe allait lui crever le ventre, l'écarta, et il frappa d'un coup sec sur la tempe, avec la poignée du fouet, son ennemi qui s'abattit à ses pieds.

Puis il regarda, effaré, stupide d'étonnement, le corps d'abord secoué de spasmes, puis immobile sur le ventre. Il se pencha, le retourna, le considéra quelque temps. L'homme avait les yeux clos ; et un filet de sang coulait d'une fente au coin du front. Malgré la nuit, le père Antoine distinguait la tache brune de ce sang sur la neige.

Il restait là, perdant la tête, tandis que son tombereau s'en allait toujours, au pas tranquille des chevaux.

Qu'allait-il faire ? Il serait fusillé ! On brûlerait sa ferme, on ruinerait le pays ! Que faire ? que faire ? Comment cacher le corps, cacher la

mort, tromper les Prussiens ? Il entendit des
voix au loin, dans le grand silence des neiges.
Alors, il s'affola, et, ramassant le casque, il
recoiffa sa victime, puis, l'empoignant par les
reins, il l'enleva, courut, rattrapa son attelage
et lança le corps sur le fumier. Une fois chez
lui, il aviserait.

Il allait à petits pas, se creusant la cervelle,
ne trouvant rien. Il se voyait, il se sentait perdu.
Il rentra dans sa cour. Une lumière brillait à
une lucarne, sa servante ne dormait pas encore ; alors il fit vivement reculer sa voiture
jusqu'au bord du tour à l'engrais. Il songeait
qu'en renversant la charge, le corps posé dessus tomberait dessous dans la fosse ; et il fit
basculer le tombereau.

Comme il l'avait prévu, l'homme fut enseveli sous le fumier. Antoine aplanit le tas avec
sa fourche, puis la planta dans la terre à côté.
Il appela son valet, ordonna de mettre les chevaux à l'écurie ; et il rentra dans sa chambre.

Il se coucha, réfléchissant toujours à ce qu'il
allait faire, mais aucune idée ne l'illuminait,
son épouvante allait croissant dans l'immobi-
lité du lit. On le fusillerait ! Il suait de peur ;
ses dents claquaient ; il se releva grelottant, ne
pouvant plus tenir dans ses draps.

Alors il descendit à la cuisine, prit la bouteille de fine dans le buffet, et remonta. Il but
deux grands verres de suite jetant une ivresse

nouvelle par-dessus l'ancienne, sans calmer l'angoisse de son âme. Il avait fait là un joli coup, nom de Dieu d'imbécile !

Il marchait maintenant de long en large, cherchant des ruses, des explications et des malices ; et, de temps en temps, il se rinçait la bouche avec une gorgée de fil en dix pour se mettre du cœur au ventre.

Et il ne trouvait rien. Mais rien.

Vers minuit, son chien de garde, une sorte de demi-loup qu'il appelait « Dévorant », se mit à hurler à la mort. Le père Antoine frémit jusque dans les moelles ; et, chaque fois que la bête reprenait son gémissement lugubre et long, un frisson de peur courait sur la peau du vieux.

Il s'était abattu sur une chaise, les jambes cassées, hébété, n'en pouvant plus, attendant avec anxiété que « Dévorant » recommençât sa plainte, et secoué par tous les sursauts dont la terreur fait vibrer nos nerfs.

L'horloge d'en bas sonna cinq heures. Le chien ne se taisait pas. Le paysan devenait fou. Il se leva pour aller déchaîner la bête, pour ne plus l'entendre. Il descendit, ouvrit la porte, s'avança dans la nuit.

La neige tombait toujours. Tout était blanc. Les bâtiments de la ferme faisaient de grandes taches noires. L'homme s'approcha de la niche. Le chien tirait sur sa chaîne. Il le lâcha.

Alors « Dévorant » fit un bond, puis s'arrêta net, le poil hérissé, les pattes tendues, les crocs au vent, le nez tourné vers le fumier.

Saint-Antoine, tremblant de la tête aux pieds, balbutia : « Qué qu' t'as donc, sale rosse ? » et il avança de quelques pas, fouillant de l'œil l'ombre indécise, l'ombre terne de la cour.

Alors il vit une forme, une forme d'homme assis sur son fumier !

Il regardait cela perclus d'horreur et haletant. Mais, soudain, il aperçut auprès de lui le manche de sa fourche piquée dans la terre ; il l'arracha du sol ; et, dans un de ces transports de peur qui rendent téméraires les plus lâches, il se rua en avant, pour voir.

C'était lui, son Prussien, sorti fangeux de sa couche d'ordure qui l'avait réchauffé, ranimé. Il s'était assis machinalement, et il restait là, sous la neige qui le poudrait, souillé de saletés et de sang, encore hébété par l'ivresse, étourdi par le coup, épuisé par sa blessure.

Il aperçut Antoine, et, trop abruti pour rien comprendre, il fit un mouvement afin de se lever. Mais le vieux, dès qu'il l'eut reconnu, écuma ainsi qu'une bête enragée.

Il bredouillait : « Ah ! cochon ! cochon ! t'es pas mort ! Tu vas me dénoncer, à c't' heure... Attends... attends ! »

Et, s'élançant sur l'Allemand, il jeta en

avant de toute la vigueur de ses deux bras sa fourche levée comme une lance, et il lui enfonça jusqu'au manche les quatre pointes de fer dans la poitrine.

Le soldat se renversa sur le dos en poussant un long soupir de mort, tandis que le vieux paysan, retirant son arme des plaies, la replongeait coup sur coup dans le ventre, dans l'estomac, dans la gorge, frappant comme un forcené, trouant de la tête aux pieds le corps palpitant dont le sang fuyait par gros bouillons.

Puis il s'arrêta, essoufflé de la violence de sa besogne, aspirant l'air à grandes gorgées, apaisé par le meurtre accompli.

Alors, comme les coqs chantaient dans les poulaillers et comme le jour allait poindre, il se mit à l'œuvre pour ensevelir l'homme.

Il creusa un trou dans le fumier, trouva la terre, fouilla plus bas encore, travaillant d'une façon désordonnée dans un emportement de force avec des mouvements furieux des bras et de tout le corps.

Lorsque la tranchée fut assez creuse, il roula le cadavre dedans, avec la fourche, rejeta la terre dessus, la piétina longtemps, remit en place le fumier, et il sourit en voyant la neige épaisse qui complétait sa besogne, et couvrait les traces de son voile blanc.

Puis il repiqua sa fourche sur le tas d'ordure et rentra chez lui. Sa bouteille encore à moitié

pleine d'eau-de-vie était restée sur la table. Il
la vida d'une haleine, se jeta sur son lit, et s'endormit profondément.

Il se réveilla dégrisé, l'esprit calme et dis-
pos, capable de juger le cas et de prévoir l'événement.

Au bout d'une heure il courait le pays en
demandant partout des nouvelles de son soldat.
Il alla trouver les officiers, pour savoir, disait-
il, pourquoi on lui avait repris son homme.

Comme on connaissait leur liaison, on ne le
soupçonna pas ; et il dirigea même les recher-
ches en affirmant que le Prussien allait chaque
soir courir le cotillon.

Un vieux gendarme en retraite, qui tenait
une auberge dans le village voisin et qui avait
une jolie fille, fut arrêté et fusillé.

L'AVENTURE
DE WALTER SCHNAFFS [1]

À Robert Pinchon [2].

Depuis son entrée en France avec l'armée d'invasion, Walter Schnaffs se jugeait le plus malheureux des hommes. Il était gros, marchait avec peine, soufflait beaucoup et souffrait affreusement des pieds qu'il avait fort plats et fort gras. Il était en outre pacifique et bienveillant, nullement magnanime ou sanguinaire, père de quatre enfants qu'il adorait et marié avec une jeune femme blonde, dont il regrettait désespérément chaque soir les tendresses, les petits soins et les baisers. Il aimait se lever tard et se coucher tôt, manger lentement de bonnes

1. Paru dans *Le Gaulois* du 11 avril 1883.
2. Robert Pinchon (1846-1925), surnommé « La Tôque », était un des plus vieux amis de Maupassant, un des canotiers de Chatou et qui collabora, comme auteur et interprète, *À la Feuille de Rose*. Il écrivit dans les journaux rouennais et fournit à l'occasion des sujets de nouvelles à Maupassant.

choses et boire de la bière dans les brasseries. Il songeait en outre que tout ce qui est doux dans l'existence disparaît avec la vie, et il gardait au cœur une haine épouvantable, instinctive et raisonnée en même temps, pour les canons, les fusils, les revolvers et les sabres, mais surtout pour les baïonnettes, se sentant incapable de manœuvrer assez vivement cette arme rapide pour défendre son gros ventre.

Et, quand il se couchait sur la terre, la nuit venue, roulé dans son manteau à côté des camarades qui ronflaient, il pensait longuement aux siens laissés là-bas et aux dangers semés sur sa route : « S'il était tué, que deviendraient les petits ? Qui donc les nourrirait et les élèverait ? À l'heure même, ils n'étaient pas riches, malgré les dettes qu'il avait contractées en partant pour leur laisser quelque argent. » Et Walter Schnaffs pleurait quelquefois.

Au commencement des batailles il se sentait dans les jambes de telles faiblesses qu'il se serait laissé tomber, s'il n'avait songé que toute l'armée lui passerait sur le corps. Le sifflement des balles hérissait le poil sur sa peau.

Depuis des mois il vivait ainsi dans la terreur et dans l'angoisse.

Son corps d'armée s'avançait vers la Normandie ; et il fut un jour envoyé en reconnaissance avec un faible détachement qui devait simplement explorer une partie du pays et se replier ensuite. Tout semblait calme dans la campagne ; rien n'indiquait une résistance préparée.

Or, les Prussiens descendaient avec tranquillité dans une petite vallée que coupaient des ravins profonds quand une fusillade violente les arrêta net, jetant bas une vingtaine des leurs ; et une troupe de francs-tireurs, sortant brusquement d'un petit bois grand comme la main, s'élança en avant, la baïonnette au fusil.

Walter Schnaffs demeura d'abord immobile, tellement surpris et éperdu qu'il ne pensait même pas à fuir. Puis un désir fou de détaler le saisit ; mais il songea aussitôt qu'il courait comme une tortue en comparaison des maigres Français qui arrivaient en bondissant comme un troupeau de chèvres. Alors, apercevant à six pas devant lui un large fossé plein de broussailles couvertes de feuilles sèches, il y sauta à pieds joints, sans songer même à la profondeur, comme on saute d'un pont dans une rivière.

Il passa, à la façon d'une flèche, à travers une couche épaisse de lianes et de ronces aiguës qui lui déchirèrent la face et les mains, et il tomba lourdement assis sur un lit de pierres.

Levant aussitôt les yeux, il vit le ciel par le trou qu'il avait fait. Ce trou révélateur le pouvait dénoncer, et il se traîna avec précaution, à

quatre pattes, au fond de cette ornière, sous le
toit de branchages enlacés, allant le plus vite
possible, en s'éloignant du lieu du combat.
Puis il s'arrêta et s'assit de nouveau, tapi
comme un lièvre au milieu des hautes herbes
sèches.

Il entendit pendant quelque temps encore
des détonations, des cris et des plaintes. Puis
les clameurs de la lutte s'affaiblirent, cessèrent.
Tout redevint muet et calme.

Soudain quelque chose remua contre lui. Il
eut un sursaut épouvantable. C'était un petit
oiseau qui, s'étant posé sur une branche, agitait
des feuilles mortes. Pendant près d'une heure,
le cœur de Walter Schnaffs en battit à grands
coups pressés.

La nuit venait, emplissant d'ombre le ravin.
Et le soldat se mit à songer. Qu'allait-il faire ?
Qu'allait-il devenir ? Rejoindre son armée ?...
Mais comment ? Mais par où ? Et il lui faudrait
recommencer l'horrible vie d'angoisses, d'épou-
vantes, de fatigues et de souffrances qu'il
menait depuis le commencement de la guerre !
Non ! Il ne se sentait plus ce courage ! Il n'aurait plus l'énergie qu'il fallait pour supporter
les marches et affronter les dangers de toutes
les minutes.

Mais que faire ? Il ne pouvait rester dans ce
ravin et s'y cacher jusqu'à la fin des hostilités.
Non, certes. S'il n'avait pas fallu manger, cette

perspective ne l'aurait pas trop atterré ; mais il fallait manger, manger tous les jours.

Et il se trouvait ainsi tout seul, en armes, en uniforme, sur le territoire ennemi, loin de ceux qui le pouvaient défendre. Des frissons lui couraient sur la peau.

Soudain il pensa : « Si seulement j'étais prisonnier ! » Et son cœur frémit de désir, d'un désir violent, immodéré, d'être prisonnier des Français. Prisonnier ! Il serait sauvé, nourri, logé, à l'abri des balles et des sabres, sans appréhension possible, dans une bonne prison bien gardée. Prisonnier ! Quel rêve !

Et sa résolution fut prise immédiatement :

— Je vais me constituer prisonnier.

Il se leva, résolu à exécuter ce projet sans tarder d'une minute. Mais il demeura immobile, assailli soudain par des réflexions fâcheuses et par des terreurs nouvelles.

Où allait-il se constituer prisonnier ? Comment ? De quel côté ? Et des images affreuses, des images de mort, se précipitèrent dans son âme.

Il allait courir des dangers terribles en s'aventurant seul, avec son casque à pointe, par la campagne.

S'il rencontrait des paysans ? Ces paysans, voyant un Prussien perdu, un Prussien sans défense, le tueraient comme un chien errant ! Ils le massacreraient avec leurs fourches, leurs pioches, leurs faux, leurs pelles ! Ils en feraient une bouillie, une pâtée, avec l'acharnement des vaincus exaspérés.

S'il rencontrait des francs-tireurs ? Ces francs-tireurs, des enragés sans loi ni discipline, le fusilleraient pour s'amuser, pour passer une heure, histoire de rire en voyant sa tête. Et il se croyait déjà appuyé contre un mur en face de douze canons de fusils, dont les petits trous ronds et noirs semblaient le regarder.

S'il rencontrait l'armée française elle-même ? Les hommes d'avant-garde le prendraient pour un éclaireur, pour quelque hardi et malin troupier parti seul en reconnaissance, et ils lui tireraient dessus. Et il entendait déjà les détonations irrégulières des soldats couchés dans les broussailles, tandis que lui, debout au milieu d'un champ, s'affaissait, troué comme une écumoire par les balles qu'il sentait entrer dans sa chair.

Il se rassit, désespéré. Sa situation lui paraissait sans issue.

La nuit était tout à fait venue, la nuit muette et noire. Il ne bougeait plus, tressaillant à tous les bruits inconnus et légers qui passent dans les ténèbres. Un lapin, tapant du cul au bord d'un terrier, faillit faire s'enfuir Walter Schnaffs. Les cris des chouettes lui déchiraient l'âme, le traversant de peurs soudaines, douloureuses comme des blessures. Il écarquillait ses gros yeux pour tâcher de voir dans l'ombre ; et il s'imaginait à tout moment entendre marcher près de lui.

Après d'interminables heures et des angoisses de damné, il aperçut, à travers son plafond de branchages, le ciel qui devenait clair. Alors, un soulagement immense le pénétra ; ses membres se détendirent, reposés soudain ; son cœur s'apaisa : ses yeux se fermèrent. Il s'endormit.

Quand il se réveilla, le soleil lui parut arrivé à peu près au milieu du ciel ; il devait être midi. Aucun bruit ne troublait la paix morne des champs ; et Walter Schnaffs s'aperçut qu'il était atteint d'une faim aiguë.

Il bâillait, la bouche humide à la pensée du saucisson, du bon saucisson des soldats ; et son estomac lui faisait mal.

Il se leva, fit quelques pas, sentit que ses jambes étaient faibles, et se rassit pour réfléchir. Pendant deux ou trois heures encore, il établit le pour et le contre, changeant à tout moment de résolution, combattu, malheureux, tiraillé par les raisons les plus contraires.

Une idée lui parut enfin logique et pratique, c'était de guetter le passage d'un villageois seul, sans armes, et sans outils de travail dangereux, de courir au-devant de lui et de se remettre en ses mains en lui faisant bien comprendre qu'il se rendait.

Alors il ôta son casque, dont la pointe le

pouvait trahir, et il sortit sa tête au bord de son
trou, avec des précautions infinies.

Aucun être isolé ne se montrait à l'horizon.
Là-bas, à droite, un petit village envoyait au
ciel la fumée de ses toits, la fumée des cuisi-
nes ! Là-bas à gauche, il apercevait, au bout
des arbres d'une avenue, un grand château
flanqué de tourelles.

Il attendit jusqu'au soir, souffrant affreusement, ne voyant rien que des vols de corbeaux,
n'entendant rien que les plaintes sourdes de ses
entrailles.

Et la nuit encore tomba sur lui.

Il s'allongea au fond de sa retraite et il s'endormit d'un sommeil fiévreux, hanté de cauchemars, d'un sommeil d'homme affamé.

L'aurore se leva de nouveau sur sa tête. Il se
remit en observation. Mais la campagne restait
vide comme la veille ; et une peur nouvelle
entrait dans l'esprit de Walter Schnaffs, la peur
de mourir de faim ! Il se voyait étendu au fond
de son trou, sur le dos, les deux yeux fermés.
Puis des bêtes, des petites bêtes de toute sorte
s'approchaient de son cadavre et se mettaient à
le manger, l'attaquant partout à la fois, se glissant sous ses vêtements pour mordre sa peau
froide. Et un grand corbeau lui piquait les yeux
de son bec effilé.

Alors il devint fou, s'imaginant qu'il allait
s'évanouir de faiblesse et ne plus pouvoir mar-

cher. Et déjà, il s'apprêtait à s'élancer vers le
village, résolu à tout oser, à tout braver, quand
il aperçut trois paysans qui s'en allaient aux
champs avec leurs fourches sur l'épaule, et il
se replongea dans sa cachette.

Mais, dès que le soir obscurcit la plaine, il
sortit lentement du fossé, et se mit en route,
courbé, craintif, le cœur battant, vers le château
lointain, préférant entrer là-dedans plutôt qu'au
village qui lui semblait redoutable comme une
tanière pleine de tigres.

Les fenêtres d'en bas brillaient. Une d'elles
était même ouverte ; et une forte odeur de
viande cuite s'en échappait, une odeur qui
pénétra brusquement dans le nez et jusqu'au
fond du ventre de Walter Schnaffs ; qui le
crispa, le fit haleter, l'attirant irrésistiblement,
lui jetant au cœur une audace désespérée.

Et brusquement, sans réfléchir, il apparut,
casqué, dans le cadre de la fenêtre.

Huit domestiques dînaient autour d'une
grande table. Mais soudain une bonne demeura
béante, laissant tomber son verre, les yeux
fixes. Tous les regards suivirent le sien !

On aperçut l'ennemi !

Seigneur ! Les Prussiens attaquaient le château !...

Ce fut d'abord un cri, un seul cri, fait de huit
cris poussés sur huit tons différents, un cri
d'épouvante horrible, puis une levée tumul-

tueuse, une bousculade, une mêlée, une fuite
éperdue vers la porte du fond. Les chaises
tombaient, les hommes renversaient les
femmes et passaient dessus. En deux secondes,
la pièce fut vide, abandonnée, avec la table
couverte de mangeaille en face de Walter
Schnaffs stupéfait, toujours debout dans sa
fenêtre.

Après quelques instants d'hésitation, il
enjamba le mur d'appui et s'avança vers les
assiettes. Sa faim exaspérée le faisait trembler
comme un fiévreux : mais une terreur le retenait, le paralysait encore. Il écouta. Toute la
maison semblait frémir ; des portes se
fermaient, des pas rapides couraient sur le
plancher du dessus. Le Prussien inquiet tendait
l'oreille à ces confuses rumeurs ; puis il entendit des bruits sourds comme si des corps
fussent tombés dans la terre molle, au pied des
murs, des corps humains sautant du premier
étage.

Puis tout mouvement, toute agitation cessèrent, et le grand château devint silencieux
comme un tombeau.

Walter Schnaffs s'assit devant une assiette
restée intacte, et il se mit à manger. Il mangeait
par grandes bouchées comme s'il eût craint
d'être interrompu trop tôt, de n'en pouvoir
engloutir assez. Il jetait à deux mains les mor-
ceaux dans sa bouche ouverte comme une trap-

pe ; et des paquets de nourriture lui descendaient coup sur coup dans l'estomac, gonflant
sa gorge en passant. Parfois, il s'interrompait,
prêt à crever à la façon d'un tuyau trop plein.
Il prenait alors la cruche au cidre et se
déblayait l'œsophage comme on lave un conduit bouché.

Il vida toutes les assiettes, tous les plats et
toutes les bouteilles ; puis, saoul de liquide et
de mangeaille, abruti, rouge, secoué par des
hoquets, l'esprit troublé et la bouche grasse, il
déboutonna son uniforme pour souffler, incapable d'ailleurs de faire un pas. Ses yeux se
fermaient, ses idées s'engourdissaient ; il posa
son front pesant dans ses bras croisés sur la
table, et il perdit doucement la notion des choses et des faits.

Le dernier croissant éclairait vaguement
l'horizon au-dessus des arbres du parc. C'était
l'heure froide qui précède le jour.

Des ombres glissaient dans les fourrés, nom-
breuses et muettes ; et parfois, un rayon de
lune faisait reluire dans l'ombre une pointe
d'acier.

Le château tranquille dressait sa grande
silhouette noire. Deux fenêtres seules brillaient
encore au rez-de-chaussée.

Soudain, une voix tonnante hurla :

— En avant ! nom d'un nom ! à l'assaut !
mes enfants !

Alors, en un instant, les portes, les contre-
vents et les vitres s'enfoncèrent sous un flot
d'hommes qui s'élança, brisa, creva tout, envahit la maison. En un instant cinquante soldats
armés jusqu'aux cheveux, bondirent dans la
cuisine où reposait pacifiquement Walter
Schnaffs, et, lui posant sur la poitrine
cinquante fusils chargés, le culbutèrent, le rou-
lèrent, le saisirent, le lièrent des pieds à la tête.

Il haletait d'ahurissement, trop abruti pour
comprendre, battu, crossé [1] et fou de peur.

Et tout d'un coup, un gros militaire cha-
marré d'or lui planta son pied sur le ventre en
vociférant :

— Vous êtes mon prisonnier, rendez-vous !

Le Prussien n'entendit que ce seul mot « prisonnier », et il gémit : « *ya, ya, ya* ».

Il fut relevé, ficelé sur une chaise, et exa-
miné avec une vive curiosité par ses vainqueurs qui soufflaient comme des baleines.
Plusieurs s'assirent, n'en pouvant plus d'émotion et de fatigue.

---

1. *Crosser,* c'est pousser avec une crosse en parlant d'une
balle ou d'une pierre et, familièrement, traiter quelqu'un avec
mépris ; ici, bousculer à coups de crosse de fusil le malheureux
Walter.

Il souriait, lui, il souriait maintenant, sûr d'être enfin prisonnier !

Un autre officier entra et prononça :

— Mon colonel, les ennemis se sont enfuis ; plusieurs semblent avoir été blessés. Nous restons maîtres de la place.

Le gros militaire qui s'essuyait le front vociféra : « Victoire ! »

Et il écrivit sur un petit agenda de commerce tiré de sa poche :

« Après une lutte acharnée, les Prussiens ont dû battre en retraite, emportant leurs morts et leurs blessés, qu'on évalue à cinquante hommes hors de combat. Plusieurs sont restés entre nos mains. »

Le jeune officier reprit :

— Quelles dispositions dois-je prendre, mon colonel ?

Le colonel répondit :

— Nous allons nous replier pour éviter un retour offensif avec de l'artillerie et des forces supérieures.

Et il donna l'ordre de repartir.

La colonne se reforma dans l'ombre, sous les murs du château, et se mit en mouvement, enveloppant de partout Walter Schnaffs garrotté, tenu par six guerriers le revolver au poing.

Des reconnaissances furent envoyées pour

éclairer la route. On avançait avec prudence, faisant halte de temps en temps.

Au jour levant, on arrivait à la sous-préfecture de la Roche-Oysel[1], dont la garde nationale avait accompli ce fait d'armes.

La population anxieuse et surexcitée attendait. Quand on aperçut le casque du prisonnier, des clameurs formidables éclatèrent. Les femmes levaient les bras ; des vieilles pleuraient ; un aïeul lança sa béquille au Prussien et blessa le nez d'un de ses gardiens.

Le colonel hurlait.

— Veillez à la sûreté du captif.

On parvint enfin à la maison de ville. La prison fut ouverte, et Walter Schnaffs jeté dedans, libre de liens.

Deux cents hommes en armes montèrent la garde autour du bâtiment.

Alors, malgré des symptômes d'indigestion qui le tourmentaient depuis quelque temps, le Prussien, fou de joie, se mit à danser éperdument, en levant les bras et les jambes, à danser

1. La Roche-Oysel est un nom forgé par Maupassant. On remarquera que, dans l'ensemble du recueil, Maupassant, dont le patriotisme n'était ni aveugle ni hystérique, a soigneusement équilibré ses souvenirs de la guerre de 1870 et de l'occupation de la Normandie par les troupes prussiennes. Là, ce sont les Allemands qui sont odieux (*La Folle*) mais, dans *L'Aventure de Walter Schnaffs* comme dans *Saint-Antoine*, les Français l'emportent largement sur le plan du grotesque et de la tartarinade.

en poussant des cris frénétiques, jusqu'au moment où il tomba, épuisé au pied d'un mur.

Il était prisonnier ! Sauvé !

C'est ainsi que le château de Champignet fut repris à l'ennemi après six heures seulement d'occupation.

Le colonel Ratier, marchand de drap, qui enleva cette affaire à la tête des gardes nationaux de la Roche-Oysel, fut décoré.

DOSSIER

CHRONOLOGIE

1850-1893

1850   Guy de Maupassant naît le 5 août, soit au château de
       Miromesnil, près de Dieppe, soit à Fécamp. Mort de
       Balzac. Seconde République : l'Assemblée législa-
       tive, sous la présidence du prince Louis-Napoléon
       Bonaparte, s'engage dans la voie d'une politique
       réactionnaire. Loi Falloux, loi électorale, loi sur la
       presse.

1852   Publication en français des *Récits d'un chasseur*, de
       Tourgueniev.

1856   Naissance du frère de Guy, Hervé. Ce qui ne sauve
       pas le ménage des parents — père égoïste, léger, fai-
       ble, coureur, dépensier ; mère hypersensible, au-
       toritaire, qui se pique de littérature. Séparation.
       Mme de Maupassant se retire aux Verguies, à Étre-
       tat, avec ses deux enfants.

1857   *Les Fleurs du Mal. Madame Bovary.* Procès intentés,
       pour immoralité, à Flaubert, puis à Baudelaire par le
       gouvernement impérial.

1862   *Pères et fils*, de Tourgueniev. Apparition du mot
       nihilisme.

1863   Fin, pour le jeune Guy, de l'enfance libre et vaga-
       bonde ; il entre au petit séminaire d'Yvetot. *Domini-
       que*, de Fromentin. *Vie de Jésus*, d'Ernest Renan.
       Protectorat français sur le Cambodge. Guerre du
       Mexique. Aux élections législatives, progrès de l'op-
       position à Napoléon III.

1868   Guy fait sa rhétorique au collège impérial de Rouen.
         Il a pour correspondant Louis Bouilhet, poète, ami
         intime de Gustave Flaubert. C'est grâce à Bouilhet
         que le jeune Maupassant va connaître Flaubert et que
         Flaubert va devenir son « père littéraire ». Alphonse
         Daudet publie *Le Petit Chose*. Napoléon III consent
         à des concessions libérales : lois sur la presse.

1869   Flaubert publie *L'Éducation sentimentale*, Daudet,
         Lettres de mon moulin, les Goncourt, *Madame Ger-
         vaisais*.

1870-1871.   Guerre franco-allemande. Maupassant appar-
         tient à la classe 70. Il est versé dans l'Intendance à
         Rouen. Il assiste aux horreurs de la déroute. Il n'est
         démobilisé qu'en novembre 1871. Fin de l'Empire.
         Commune de Paris. *La Bonne Chanson*, de Paul
         Verlaine, *De l'Intelligence*, par H. Taine. Mort de
         Dickens.

1871-1872.   Maupassant entre au ministère de la Marine,
         où il occupe une situation médiocre. Il trouve une
         compensation dans les exercices sportifs, en particu-
         lier dans le canotage sur la Seine. « Ma grande, ma
         seule, mon absorbante passion, pendant dix ans, ce
         fut la Seine. » Travaux littéraires sous la direction de
         Flaubert.

1873   Gouvernement de Mac-Mahon, dit « d'ordre
         moral ». Maupassant brocarde « l'imbécillité solen-
         nelle de ce crétin ». Daudet publie *Contes du Lundi*.

1875   Débuts littéraires. Un premier conte, *La Main
         d'écorché*, paraît dans *L'Almanach lorrain* de Pont-
         à-Mousson. Quelques pièces de vers ici et là. Rela-
         tions littéraires chez Flaubert, Guy rencontre Zola,
         Daudet, Edmond de Goncourt, Tourgueniev ; chez
         Catulle Mendès, Mallarmé et Villiers de l'Isle-
         Adam. Il fréquente chez la princesse Mathilde. Il
         participe au groupe qui se forme autour de Zola et
         qui sera à Médan. Zola : *La Faute de l'abbé Mouret*.
         La Troisième République s'installe : lois constitu-
         tionnelles sur les pouvoirs publics.

1876   Premier repas Flaubert-Zola-Daudet, au Café Riche.
       Constitution du groupe dit « de Médan ».

1877   Maupassant souffre de troubles de santé. Cure aux
       eaux de Loèche dans le Valais. Flaubert : *Trois Con-
       tes.* Goncourt : *La Fille Élisa.*

1878   Le 18 décembre, il donne sa démission du ministère
       de la Marine puis, grâce à Flaubert, entre à celui de
       l'Instruction publique. Il déteste ce métier de gratte-
       papier ; il espère avec impatience le jour où il pourra
       « claquer la porte ».

1879   Débuts au théâtre : Maupassant fait jouer un acte de
       Histoire du vieux temps. Démission de Mac-Mahon.
       Fin de l'Ordre moral. *Nana*, de Zola.

1880   16 avril : *Les Soirées de Médan* ; Maupassant a
       donné *Boule de suif* ; admiration de Flaubert ; grand
       succès. 25 avril : *Des vers*, recueil poétique. 8 mai :
       mort de Flaubert, foudroyé par l'apoplexie ;
       immense chagrin de Maupassant. Juin : Maupassant,
       enfin ! « claque la porte », il quitte l'administration.
       Septembre : voyage en Corse. Premiers « mardis »
       chez Mallarmé. Dostoïevski : *Les Frères Karama-
       zov.* Le 14 juillet devient fête nationale. Loi d'amnis-
       tie : retour des anciens communards. Décrets sur
       l'expulsion des jésuites.

1881   Maupassant est lancé. Il entre au *Gaulois*, au *Gil
       Blas*, au *Figaro*, à *L'Écho de Paris*. Intense activité
       journalistique qui va nourrir son œuvre. Mai : *La
       Maison Tellier*, recueil de contes. Voyage en Afrique
       du Nord (Tunisie, Algérie). Loi sur la liberté de la
       presse. Après de nouvelles élections législatives,
       ministère Gambetta. La Tunisie, après la révolte des
       Kroumirs, devient protectorat français. A. France :
       Le Crime de Sylvestre Bonnard. P. Verlaine :
       Sagesse. Ibsen : *Les Revenants.* Renoir peint *Le
       Déjeuner des canotiers.* Manet : *Le Bar des Folies-
       Bergère.*

1882   Nouveau recueil de contes, *Mademoiselle Fifi.*
       Voyage estival en Bretagne. Loi organisant l'ensei-
       gnement primaire. Mort de Gambetta. Krach de

l'Union Générale. Constitution de la Triple-Alliance. Déroulède fonde la Ligue des Patriotes. Koch découvre le bacille de la tuberculose, Pasteur découvre la vaccination anticharbonneuse, Charcot commence ses cours à la Salpêtrière. Henri Becque : *Les Corbeaux*.

1883 Premier roman : *Une vie*, d'abord publié en feuilleton dans *Gil Blas*, du 27 février au 6 avril. Juin : *Contes de la Bécasse*. Maupassant a fait construire *La Guillette* sur la route de Criquetot, près d'Étretat. Morts de Tourgueniev, de Manet, de Wagner. Renan : *Souvenirs d'enfance et de jeunesse*. Nietzsche : *Ainsi parlait Zarathoustra*. Villiers de l'Isle-Adam : *Contes cruels*. Ministère Jules Ferry : guerre du Tonkin.

1884 Travail intense. En janvier : un récit de voyages, *Au soleil* ; en avril : un autre recueil de contes, *Clair de lune* ; en juillet, autre recueil, *Miss Harriet*, et encore un autre recueil, *Les Sœurs Rondoli*. En préface à la publication des lettres de Flaubert à George Sand, il écrit une étude sur Flaubert. Début des troubles nerveux (maux de tête, irritabilité, angoisses). Verlaine : *Jadis et naguère* ; Daudet : *Sapho*. J.-K. Huysmans : *À Rebours* ; Ibsen : *Le Canard sauvage* ; Massenet : *Manon*. Loi sur les syndicats ouvriers. Guerre de Madagascar. Création de l'État indépendant du Congo par la Conférence internationale de Berlin. Premier ballon dirigeable du capitaine Renard.

1885 Trois recueils de contes : *Yvette, Contes du jour et de la nuit, Toine*. Mai : *Bel-Ami*, publié en feuilleton dans *Gil Blas*, du 6 avril au 30 mai. Maupassant déménage de la rue Dulong à la rue de Montchanin (aujourd'hui rue Jacques-Bingen), dans le quartier de la plaine Monceau. Appartement cossu. Printemps : voyage en Italie, en Sicile. Été : cure à Châtelguyon. Zola : *Germinal*. Jules Laforgue : *Les Complaintes*. Paul Bourget : *Cruelle énigme*. Pasteur découvre le vaccin contre la rage. Chute de Jules Ferry après les revers du Tonkin, mais la domination française sur le Tonkin est assurée. Protectorat français sur Madagascar. Aux élections d'octobre, recul des Républicains mais renforcement du groupe radical avec Clemenceau. Jules Grévy est réélu président de la République. Construction du viaduc de Garabit par Eiffel. Ouverture du grenier des Goncourt. Mort de Jules Vallès et de Victor Hugo.

1886   Toujours des contes : *Monsieur Parent, La Petite Roque*. Court séjour en Angleterre. Navigation sur le voilier *Bel-Ami*. Vie trépidante : Maupassant s'épuise. Pierre Loti : *Pêcheur d'Islande*. Rimbaud : *Illuminations*. Drumont : *La France juive*. Moréas : *Manifeste symboliste*. Nietzsche : *Par-delà le bien et le mal*. Eugène de Vogüé : *Le Roman russe*. Dernière exposition des impressionnistes ; Seurat présente *La Grande Jatte*. Début de l'agitation boulangiste. Grève des mineurs de Decazeville.

1887   Un roman, *Mont-Oriol*, publié en feuilleton dans *Gil Blas*, du 23 décembre 1886 au 6 février 1887. Un recueil de contes, en mai, *Le Horla*. Octobre en Algérie. Zola : *La Terre*. Manifeste antinaturaliste des Cinq. Mallarmé : *Poésies*. Fondation du Théâtre libre d'Antoine. Strindberg : *Père*. Sadi Carnot président de la République après la démission de Jules Grévy bousculé par des scandales. Affaire Schnebelé : tension franco-allemande.

1888   Un roman : *Pierre et Jean*, publié en feuilleton dans *La Nouvelle Revue*, du 1er décembre 1887 au 1er janvier 1888, et précédé d'une *Étude sur le roman*. Un deuxième journal de voyage : *Sur l'eau*. Un autre recueil de contes, *Le Rosier de Madame Husson*. Voyage en Tunisie dans l'hiver 1888-1889. Les troubles s'aggravent. Van Gogh peint *Les Tournesols*. Barrès : *Sous l'œil des barbares*. Développement du mouvement boulangiste. Avènement de Guillaume II. Fondation de l'Institut Pasteur.

1889   Contes : *La Main gauche*. Roman : *Fort comme la mort*. Agonie de son frère Hervé, victime de la folie. Croisière sur *Bel-Ami II* en Italie. Maux de tête et d'yeux insupportables. Zola : *La Bête humaine*. Barrès : *Un homme libre*. Claudel : *Tête d'Or*. Bourget : *Le Disciple*. Maeterlinck : *La Princesse Maleine*. D'Annunzio : *Le Plaisir*. Bergson : *Essai sur les données immédiates de la conscience*. Fin de l'agitation boulangiste ; élections favorables aux républicains. Exposition universelle de Paris, avec la Tour Eiffel.

1890   Récit de voyages : *La Vie errante*. Dernier recueil de contes : *L'Inutile Beauté*. Dernier roman : *Notre cœur*, paru en feuilleton dans la *Revue des Deux Mondes* de mai et de juin. Dernière pièce de théâtre, *Musotte*. Déménagement vers la rue du Boccador dans le quartier des Champs-Élysées. Tentative de cure à Aix-les-Bains, Plombières, Gérardmer. Tentatives de repos à Cannes, à Alger. Fondation du Théâtre d'Art par Paul Fort. Renan : *L'Avenir de la science*. William James : *Principes de psychologie*. Mort de Van Gogh. Premières manifestations du Premier-Mai.

1891   Cures à Divonne et à Champel-les-Bains. Maupassant s'acharne au travail. Il commence *L'Âme étrangère, L'Angélus*. Zola : *L'Argent*. Gide : *Les Cahiers d'André Walter*. Barrès : *Le Jardin de Bérénice*. Troubles sociaux, fusillade de Fourmies.

1892   1er janvier : tentative de suicide, 6 janvier : folie, internement dans la clinique du docteur Blanche à Passy. Pierre Loti : *Fantôme d'Orient*. France : *L'Étui de nacre*. Claudel : *La Jeune Fille Violaine*. Scandale de Panama. Grève des ouvriers mineurs de Carmaux. Premiers attentats anarchistes.

1893   Mort de Maupassant (6 juillet). Il a quarante-trois ans. Inhumation le 8 au cimetière Montparnasse. Mallarmé : *Vers et prose*. Courteline : *Boubouroche*. Alliance franco-russe. Les socialistes progressent aux élections.

1899   *Le Père Milon*, recueil posthume de contes non encore repris en volume.

NOTICE

Comme la plupart des recueils de Maupassant, les *Contes de la Bécasse* ne correspondent pas à un plan, à une intention littéraire nettement élaborée et sont plutôt caractérisés par leur disparate : tous ne sont pas des « récits de chasseurs » (bien que Maupassant se souvienne à l'évidence des *Mémoires d'un chasseur* de Tourgueniev qu'il admirait beaucoup) et quelques-uns ne sont même pas des récits. À son habitude, Maupassant a réuni quinze (puis dix-sept) nouvelles récemment publiées dans *Le Gaulois* et dans *Gil Blas*, profitant de l'occasion favorable que lui procuraient la réédition de *Mademoiselle Fifi* chez Victor Havard et la publication de son premier roman, *Une vie*, qui commença à paraître en feuilleton dans *Gil Blas* le 27 février 1883.

Le traité fut signé le 20 mars 1883 avec les éditeurs Édouard Rouveyre et G. Blond, Maupassant s'engageant à fournir « la copie d'un volume d'environ trois cents pages, type du volume *Mademoiselle Fifi* ». Trouvant la « copie » un peu mince, il ajouta aux quinze contes d'abord prévus *Saint-Antoine* et *L'Aventure de Walter Schnaffs* (deux contes qui présentent une certaine unité, mais sans rapport avec le thème de la chasse).

Correction des épreuves achevée en mai, et correction soignée, contrairement à ce que l'on dit souvent à propos de Maupassant : « Voici des épreuves. J'ai livré les premières à un ami qui les relit après moi », écrivait-il à Rouveyre. Parution du volume en juin avec cette prière d'insérer, rédigée par l'écrivain lui-même : « Les éditeurs Éd. Rouveyre et G. Blond viennent de mettre en vente un nouveau volume de Guy de Maupassant les *Contes de la Bécasse*. Ce qui distingue particulièrement ce dernier ouvrage de l'auteur de *La Maison Tellier* et d'*Une vie*, c'est la gaieté, l'ironie amusante. Le premier récit du livre, *Ce cochon de Morin*, ne peut manquer de prendre place à côté de *Boule de suif*. Et les nouvelles qui suivent donnent toutes des échantillons très divers de la bonne humeur railleuse de l'écrivain. Deux ou trois seulement apportent une note dramatique dans l'ensemble. »

L'édition de 1883 présente quelques variantes par rapport aux préoriginales, variantes qui ont été relevées par Louis Forestier dans l'édition de la Pléiade. Autre différence : la présence des dédicataires, qui vont des vieux camarades de Chatou et d'*À La Feuille de rose* (Albert de Joinville, Léon Fontaine, René Maizeroy) à des personnages influents, tel Xavier Charmes, qui fit entrer Maupassant au ministère de l'Instruction publique, et à des écrivains célèbres ou en passe de le devenir (Robert de Bonnières, Huysmans, Paul Bourget), sans oublier les collaborateurs des *Soirées de Médan*, Hennique, Céard, Paul Alexis. Le ton du conte est en général fort bien adapté à la personnalité de l'ami auquel il est dédié.

Une seconde édition parut en 1887 et c'est le texte que nous avons repris, respectant en particulier la disposition des blancs, souvent différente de celle des préoriginales et de l'édition de 1883, ainsi que la ponctuation parfois assez singulière de l'écrivain. L'éditeur, Havard (Rouveyre et Blond avaient fait faillite), avait demandé à Maupassant de changer le titre, qui donnait « comme une arrière-pensée des petits conteurs du XVIII\ :superscript:`e` siècle, avec un petit air vieillot ». Maupassant refusa : « Quant aux *Contes de la Bécasse*, en y songeant, je ne veux pas changer de titre ; c'est une supercherie peu digne qui sent la réclame de mauvais aloi. »

La qualité exceptionnelle des *Contes de la Bécasse*, qui contient certains des récits les plus forts et cruels de Maupassant, est attestée, si l'on peut dire, par le fait que leur parution passa à peu près inaperçue. Presse muette, à l'exception de deux articles, nuls, parus dans *Gil Blas* (qui ne pouvait faire moins, ni pire, pour un de ses collaborateurs) et dans *Le Siècle*. Jules Lemaître publia, dans *La Revue bleue* du 29 novembre 1884, un article où il cite quelques-uns des *Contes de la Bécasse*, article où il reproche à Maupassant d'être à la fois « classique » et « brutal », mais évoque à son propos La Fontaine et lui reconnaît d'être « un écrivain à peu près irréprochable dans un genre qui ne l'est pas, si bien qu'il peut désarmer les austères, et plaire doublement aux autres ». Il plut en effet puisque Louis Forestier a relevé que les *Contes de la Bécasse* n'eurent pas moins de sept réimpressions dès l'année de leur parution.

BIBLIOGRAPHIE

I. Principales études

ARTINIAN (Artine) et MAYNIAL (Édouard), *Correspondance inédite de Guy de Maupassant* (Wapler, 1951).

ARTINIAN (Artine), *Pour et contre Maupassant* (Nizet, 1955).

BANCQUART (Marie-Claire), *Maupassant et le fantastique* (Archives des lettres modernes, Minard, 1976).

BOURGET (Paul), *Études et Portraits*, III (Plon, 1906). *Nouvelles pages de critique et de doctrine*, I (Plon, 1922).

CASTELLA (Charles), *Structures romanesques et vision sociale chez G. de Maupassant* (L'Âge d'homme, Lausanne, 1972).

DELAISEMENT (Gérard), *Maupassant journaliste et chroniqueur* (recueil d'articles non réédités de Maupassant. Albin Michel, 1956).

DUMESNIL (René), *Études, chroniques et correspondance de Maupassant* (Librairie de France, 1938).

DUMESNIL (René), *Guy de Maupassant* (Tallandier, 1947).

GERVEX, *Souvenirs* (Flammarion, 1924).

LUMBROSO (Albert), *Souvenirs sur Maupassant* (Bocca, Rome, 1905).

MAYNIAL (Édouard), *La Vie et l'Œuvre de Guy de Maupassant* (Mercure de France, 1906).

SAVINIO (Alberto), *Maupassant et l'« Autre »* (Gallimard, 1977).

SCHMIDT (Albert-Marie), *Maupassant par lui-même* (Le Seuil, 1962).

TASSART (François), *Souvenirs sur Guy de Maupassant par François, son valet de chambre* (Plon, 1911).

Nouveaux souvenirs intimes sur Guy de Maupassant, présentation et notes de Pierre Cogny (Nizet, 1962).

VIAL (André), *Guy de Maupassant et l'art du roman* (Nizet, 1954). *Faits et significations* (contient plusieurs articles sur Maupassant. Nizet, 1973).

Numéros spéciaux de la revue *Europe*, juin 1969 et août-septembre 1993, consacrés à Maupassant.

II. Œuvres de Maupassant

Contes et nouvelles, édition de Louis Forestier, Gallimard, Bibliothèque de la Pléiade, 1974 et 1979, 2 vol.

Romans, édition de Louis Forestier, Gallimard, Bibliothèque de la Pléiade, 1987.

Chroniques, 10/18, 1980, 3 vol.

Correspondance, édition de Jacques Suffel, Le Cercle du Bibliophile, Évreux, 1973, 3 vol.

DOSSIER

DU MÊME AUTEUR

CLAIR DE LUNE. *Édition présentée et établie par Marie-Claire Bancquart.*

LA MAIN GAUCHE. *Édition présentée et établie par Marie-Claire Bancquart.*

LES SŒURS RONDOLI. *Édition présentée et établie par Marie-Claire Bancquart.*

LE PÈRE MILON. *Édition présentée et établie par Marie-Claire Bancquart.*

LE COLPORTEUR. *Édition présentée et établie par Marie-Claire Bancquart.*

Récits de voyage

SUR L'EAU. *Édition présentée et établie par Jacques Dupont.*

AU SOLEIL *suivi de* LA VIE ERRANTE ET AUTRES VOYAGES. *Édition présentée et établie par Marie-Claire Bancquart.*

Nouvelles isolées

BOULE DE SUIF. *Édition établie et présentée par Louis Forestier.*

LA MAISON TELLIER. *Édition établie et présentée par Louis Forestier.*

LE HORLA. *Édition présentée par André Fermigier.*

LA PETITE ROQUE. *Édition présentée par André Fermigier.*

LE ROSIER DE MADAME HUSSON. *Édition présentée et établie par Louis Forestier.*

YVETTE. *Édition présentée et établie par Louis Forestier.*

Onze nouvelles thématiques

LES PROSTITUÉES. *Préface de Daniel Grojnowski. Édition de Louis Forestier.*

COLLECTION FOLIO

Dernières parutions

Impression Maury-Imprimeur
45330 Malesherbes
le 22 mai 2018.
Dépôt légal :mai 2018.
1ᵉʳ dépôt légal dans la collection : mai 2015.
Numéro d'imprimeur : 227059.

ISBN 978-2-07-046667-2. / Imprimé en France.